文学上的失误
Literary Lapses

〔加拿大〕斯蒂芬·里柯克 著

莫雅平 译

人民文学出版社
PEOPLE'S LITERATURE PUBLISHING HOUSE

图书在版编目(CIP)数据

文学上的失误/(加)斯蒂芬·里柯克著;莫雅平译.
—北京:人民文学出版社,2018
(幽默书房)
ISBN 978-7-02-014174-6

Ⅰ.①文… Ⅱ.①斯… ②莫… Ⅲ.①故事-作品集
-加拿大-现代 Ⅳ.①I711.45

中国版本图书馆 CIP 数据核字(2018)第 086799 号

责任编辑　卜艳冰　邱小群
封面设计　高静芳

出版发行　人民文学出版社
社　　址　北京市朝内大街 166 号
邮政编码　100705
网　　址　http://www.rw-cn.com

印　　制　上海利丰雅高印刷有限公司
经　　销　全国新华书店等

开　　本　890 毫米×1240 毫米　1/32
印　　张　6.25
字　　数　122 千字
版　　次　2018 年 8 月北京第 1 版
印　　次　2018 年 8 月第 1 次印刷

书　　号　978-7-02-014174-6
定　　价　45.00 元

如有印装质量问题,请与本社图书销售中心调换。电话:010-65233595

目 录

一本泪水与欢笑交融的幽默经典（译序）

　　《文学上的失误》是加拿大著名作家斯蒂芬·里柯克的幽默名作。既然是介绍幽默之作，照理译序也应该幽默一点儿。可是，幽默是人生的一种高难境界，一想到要幽默起来，我立马就变严肃了，严肃得像要哭似的。这看上去多少有点儿可笑、有点儿尴尬。好在谁在人生中都有过尴尬，因此我还是继续严肃下去吧。

　　《文学上的失误》是里柯克的处女作，他于1910年自费出版了它，把它放在火车站的书报亭出售。伦敦的出版商约翰·兰恩（John Lane）慧眼识珠，很快就出版了该书的精美版本，结果立即引起了轰动。这一年里柯克已年过四十，可谓大器晚成。里柯克于1911年推出了《打油小说集》，其声誉得以更上一层楼。1912年，里柯克又出版了幽默小说《小镇艳阳录》，从而奠定了他在加拿大文学史上独树一帜的地位。

　　里柯克一生写过近四十本书，早在1912年英国的《泰晤士报》已称他为幽默大师。我国著名作家林语堂早年著专文论幽默（林语堂第一个把英文 Humour 译为"幽默"），便称里柯克是"现代的一位大家"，是加拿大幽默文学的代表。难怪很多人谈及英语幽默文学，会把里柯克和狄更斯、马克·吐温相提并论。

里柯克作不仅创作过大量的幽默作品，而且还写过幽默理论专著《幽默的理论与技巧》（*Humour*：*Its Theory and Technique*，1935）。里柯克对幽默的确是有过独到体会和深入研究的，有他的《我的幽默观》（见本书附录）的结尾文字为证：

> ……它（指幽默）深深地植根在生活本身的深层反差之中。我们的期待是一回事，而实际结果却完全是另一回事。今天的渴望和焦虑令我们寝食难安，而明天它们却已化为乌有，足可付诸一笑。无论火烧火燎的痛苦，还是如切如割的悲伤，在日后的回顾中都会变为往事温柔。回首往日历程，悲欢离合历历在目，而我们已安然度过，于是我们会热泪涟涟地露出微笑，有如年迈的老人悲欣交集，回忆起儿时怒气冲冲的争吵。由此可见，从更广的意义上说，幽默是夹杂着悲天悯人之情的，直至两者浑然合一。历代的幽默都体现了泪水与欢笑交融的传统，而这正是我们人类的命运。

"幽默是夹杂着悲天悯人之情的，直至两者浑然合一。历代的幽默都体现了泪水与欢笑交融的传统"——里柯克的这一幽默观，与俄国幽默与讽刺大师果戈理的观点何其相似。果戈理说过：真正优秀的幽默以"有目共睹的笑"揭示"世人察觉不到的泪"。正是这样的幽默观，赋予了里柯克的幽默作品一种悲天悯人的基调，因此里柯克的幽默作品在本质上是严肃的、深情的，不同于轻浮的插科打诨。

先看《我的金融生涯》，这是《文学上的失误》的第一篇小品，聚焦点是一个小人物的人生尴尬。小人物"我"长了点儿工资，不知道该如何处置，怯生生地跑去银行存款。威严的银行机器令"我"紧张和发慌，"我"鬼使神差般地想到去找银行经理谈谈。银行经理先是误以为"我"是私家侦探或望族后裔，对"我"礼遇有加。可后来经理发现"我"不过只是想开个户头存五十块钱。一个穷酸汉竟敢劳经理大驾，经理马上变了脸。"我"本来就心里慌乱，受了经理等的羞辱，就乱上加乱，导致乱中出错，一错再错。在当时无地自容的尴尬中，为了自己可怜的一点儿尊严，"我"一气之下把刚存进银行的钱全部取了出来，然后在银行员工的嘲笑声中愤愤逃离了银行。从那以后，"我"再也不和银行打交道了，"我"的一只旧袜子成了"我"的银行。

人生在世谁没有过尴尬时刻呢？现实中嫌贫爱富的势利鬼有多少啊！那个小人物的慌乱行为的确可笑，可他所感受到的屈辱和辛酸，不是和我们以这样或那样的方式感受到的一样吗？看了这样一篇作品，大多数没有麻木的人在笑过之后，都会别有一番滋味在心头。

再看《琼斯先生的悲剧》，一篇叫人忍俊不禁而后悲从中来的佳作，讲的是一个人不会说谎而陷入困境，最后竟因不能自拔抑郁而死的故事：琼斯生性优柔寡断。有一天下午他去熟人家拜访，在他犹犹豫豫准备告辞时，女主人问他是否有事要去办，客气地请他再坐一会儿。琼斯是那么忠厚，因而不会说谎——他如实告知他要一连闲六个星期；他又是那么规矩，从来不愿失礼——他无力拒绝女主人的好意，于是留了下来。当他第二次鼓起勇气想离开时，结果又和第一次一样留了下来，不同的是他比头一次更尴尬了。重复多次之后，尴尬变成了严重的挫折感。到最后，琼斯的去留成了令琼斯和主人一家非常痛苦的事情。男主人烦透了，可他又说不出口，只好以反语挖苦说琼斯可以留下来过夜。在脱身不得的绝望中，听天由命的琼斯感激得热泪盈眶，于是在主人家住了下来。从此，琼斯彻底陷进了万劫不复的深渊。他在主人家待了一个月，其间告而不辞的尴尬与绝望愈演愈烈，最后导致他精神崩溃，在告别的幻觉中咽下了最后一口气。

故事的结局是有点儿夸张，但类似的尴尬在生活中却是常见的。琼斯开头的两三次优柔寡断让我们感到好笑，但继续往下看我们会感到他既可笑又可怜，甚至还有几分可爱，因为他是由于太真实、太真诚才陷入窘境的。于是我们的笑便带上了一丝苦味。进一步思考后我们还会发现，琼斯是所谓文明礼貌的牺牲品。一方面是琼斯本人被礼仪束缚了手脚，另一方面男主人虽然对琼斯烦透了，可是出于礼貌却又说不出口。为什么不直言不讳地叫琼斯走人，从而粗鲁却不失仁慈地结束彼此的痛苦呢？如果说男主人当初的礼貌有几分真诚的话，那么到后来它已变成怨恨的画皮、不折不扣的虚伪。想到这一切，我们禁不住要感叹：人类在文明的发展过程中，能保留几分真诚的野蛮多好啊！

《A、B和C》被视为里柯克的经典之作，该篇的副标题是"数学中的人性成分"。在数学应用题中，A、B和C分别代表三方一起干活、跑步、划船或比赛，题目要求解题者求出速度、时间或距离等。在应用题中，A、B和C只是三个抽象的符号；而在里柯克的这篇作品里，A、B和C却成了有血有肉、各具个性的三个大活人。里柯克以妙趣横生的语言描写了三个人的个性以及他们的悲欢离合：A精力过人，富于主见，经常咄咄逼人，做什么都是由他牵头。C体质虚弱，为人软弱，从来只有逆来顺受的份儿。B则介于A和C之间，他一方面同情可怜的C，另一方面却又屈服于A的淫威。A向来是强者，做什么都有特权，C则向来是弱者，总是处于劣势。A经常强迫B和C同他比干活、跑步或划船，而且每次都就输赢打赌。结果是B输光了钱财，而C则不仅输光了钱财，而且还累垮了身体，最后竟因过劳而死。在C快死的时候，A仍在和医生就C还能呼吸多久打赌。在送C去墓地的时候，A让B驾一辆灵车驮着C的遗体赶往墓地，他自己驾另一辆空灵车落后一百米在后面追，看他们俩谁先到达墓地……

这篇异想天开的故事其实是一个社会寓言，其中的荒谬引人发笑，其中的残忍则令人发指。自从C死去以后，A再也没有兴趣和B打赌了，他在百无聊赖之中放弃了工作，孤孤单单地靠赢得的赌款的利息度残生去了。B则一直没有从C的死对他的打击中恢复过来，悲痛侵蚀了他的心智，最后他自愿被送进了疯人院。通过写由社会不平等、不公正导致的悲惨结局，里柯克针砭了人类的种种愚妄，同时也发出了对共存意识和仁爱精神的呼唤。

《文学上的失误》中还有很多精彩之作，如《怎样成为百万富翁》，其中的富翁号称自己当初靠五分钱出去打天下，其实却是靠压榨孤儿寡母发的横财。又如《白手起家的人》，讲的是两个阔佬一边鼓吹苦难的诗意、一边比谁吃的苦更多。两人都说自己吃过的猪食绝对比对方多，但最后他们却是在美味佳肴中找到了共同语言。再如《新型食品》，讲的是在化学食品问世之后，一个小孩吃下相当于十三份圣诞大餐的浓缩营养丸导致的悲剧，对人类的科技进步提出了合理的质疑。诸如此类的作品和前面谈的作品一样，在戏说芸芸众生的同时，以笑的方式针砭了人性中的种种可笑与可怜，揭示了人类社会的荒谬与悲哀。

从《文学上的失误》可以看出，里柯克与一般插科打诨者截然不同的是，他既发现了生活本身所蕴含的喜剧性，又洞见了人生悲剧性的一面。他在其独具特色的幽默小品里实现了喜剧精神与悲剧意识的完美融合，从而使他的作品达到了庄谐并举的境界。他倾注在作品中的对人类的深切同情，使他的作品得以深入人心。这种悲天悯人的情怀，是衡量一个作家是否具有博大人格的重要标准。另外，《A、B和C》等作品让人看不出写的是什么年代，写在什么年代。一百年以前的读者觉得它们妙趣横生，今天的读者读它们仍然感到耳目一新。这种不受时空间限制的特点，恰恰也证明了里柯克作品的长久价值。

一言以蔽之，《文学上的失误》是一本欢笑与泪水交融的幽默经典，值得读者诸君用心品读。

2017 年 11 月 29 日于大雅堂

我的金融生涯

一进银行我就慌了手脚。那些职员令我发慌；那些小窗口令我发慌；白花花的钞票令我发慌；那里的一切都令我发慌。

我去银行本来是想和它打打钱方面的交道，可是一踏进它的门槛，我就顿时变成了没头没脑的傻子。

我早就料到会这样的，可我的月薪加到了五十元，我觉得除了把它存入银行别无他法。

于是，我踉踉跄跄地进了银行，怯生生地朝四周张望那些职员。我心想，一个人要开户头的话，得先和银行经理谈谈。

我走到标有"会计"字样的小窗前。那个会计员是一个高个子的、冷冰冰的凶神。一看到他我就慌张兮兮的。我的声音也阴沉兮兮的。

"我能见见经理吗?"我说，而且一本正经地补充道，"单独见。"我不知我为什么要说"单独见"。

"当然可以。"会计员说，然后就找经理去了。

经理是一个严肃沉稳的人。我紧紧抓着口袋里那已被捏成一团的五十六块钱。

"您就是经理吗?"我说。说实话，其实我并不怀疑这一点。

"是的。"他说。

"我能——"我说，"单独见您吗？"我本来不想再说"单独"二字，可是不说，意思好像也够明白的了。

经理警觉地看着我。他感到我有一个可怕的秘密要透露给他。

"上这儿来。"他说着，领我走向一间密室。他旋了一下插在锁里的钥匙。

"这里没人打扰我们，"他说，"坐吧。"

我们俩都坐了下来，他看着我，我看着他。我说不出话来。

"我猜您是平克顿①的人吧？"他说。

他从我的神秘举止推测我是一名侦探。我知道他在想什么，这使我更不知所措了。

"不，不是平克顿。"我说，那口气像是在暗示我是从另一家可与之匹敌的侦探公司来的。

"说实话吧，"我继续说，好像我先前迫不得已说了谎似的，"我根本不是侦探。我来是想开一个户头。我想把我所有的钱都存入这个银行。"

经理松了一口气，但还是很严肃。现在他认定我不是大富豪罗斯查尔德男爵的公子，便是望族古尔德家族的后人。

"我想，是一大笔钱吧。"他说。

"相当大，"我低声说，"我想先存五十六块，以后每月定

---

① "平克顿"是美国十九世纪一家著名私人侦探所的名称。

期存五十块。"

经理站了起来，把门打开了。他高声地招呼那个会计。

"蒙哥马利先生，"他不安好心地扯着嗓门叫道，"这位先生想开个户头，他想存五十六块钱。再见。"

我也站了起来。

密室的一边有一道大大的铁门敞开着。

"再见。"我说，随即踏进了那个保险库。

"出来。"经理冷冰冰地说道，叫我走另一条路出去。

我走到会计员的那个窗口下，把揉成一团的钱往他前边一丢，动作仓促而略带痉挛，好像我是在玩变戏法蒙人似的。

我的脸一片死白。

"给，"我说，"存上吧。"那口气好像在说："咱们趁热打铁把这苦差事了结了吧。"

他拿了那笔钱，把它交给了另一个职员。

他叫我把存款数额写在一个条子上，还叫我在一个本子上签了名。我再也弄不清我在干什么了。银行在我的眼前摇晃。

"存好了吗？"我用呆滞、发颤的声音问道。

"存好了。"会计说。

"我想开张支票取钱。"

我的本意是想取出六块钱供眼前用。有个人从一个小窗户递给我一本支票本，另一个人开始告诉我怎么填写。银行里那些人大概都以为我是一个有毛病的百万富翁吧。我在支票上写了一气，然后把它塞进去给了那个职员，他看了看。

"什么？你又想全部取出来？"他惊愕地问道。我这时才意识到，我本想写"六"却写了"五十六"。我现在已经完全乱套了。我感到此事怎么也说不清了。所有的职员都停下笔来盯着我。

既然已如此狼狈，我索性就一不做，二不休了。

"是的，全部。"

"你想把你的钱全部取走？"

"一分不留。"

"你再也不存了吗？"那个职员惊讶地问道。

"再也不了。"

我突然产生一个莫名其妙的念头：或许他们会认为我填支票的时候被怠慢了，因此才改变了主意吧。我拼命装出自己是一个非常急躁、易于上火的人。

那个职员准备把钱付给我。

"你这钱怎么个拿法？"他问。

"什么？"

"你想要什么面值的？"

"噢——"我明白了他的意思，想都没想就回答说，"五十五十地给①。"

他给了我一张五十的钞票。

"那六块呢？"他干巴巴地问道。

---

① "我"总共只有五十六块钱，可答话的口气却像是有很多个"五十块"似的。原文的"五十"为复数。

"给六块一张的 ①。"我说。

他把那六块钱给了我，我冲出了银行。

那道大转门在我身后旋转的时候，我听见银行里爆出一阵哄堂大笑，简直要把天花板震塌了。自那次以后，我就再也不去银行存钱了。我把我的现金装在裤袋里，节余下来的钱则换成银币藏在一只袜子里。

---

① 此话又是"胡话"，因为钞票没有六块面值的。另外，原文的"六"也是复数形式，其含义如第 4 页注①所言。

奥克斯黑德爵士的秘密：一个只有一章的浪漫故事

完了。毁灭已降临。奥克斯黑德① 爵士枯坐书房，目光盯着炉火。外面，风飕飕而吹，飒飒有声，回荡于奥克斯黑德城堡的塔楼周围，这便是奥克斯黑德家族的住所。但老伯爵并没有注意到家宅四周的飒飒风声。他太专注了。

他面前放着一叠印有标题的蓝色文件。他把它们拿在手里，时不时地翻过来翻过去，然后又把它们放回桌上，发出一声叹息。对伯爵来说，它们意味着毁灭——彻底的、无可挽回的毁灭，与此相随的是失去他宏伟的家宅，这可是奥克斯黑德家族历代的骄傲所在啊。更糟糕的是——他那可怕的秘密生活现在有可能暴露于世。

伯爵低垂着头，沉浸在悲伤的苦涩中，因为他出身于显赫世家。他周围挂着他的先祖们的画像。右边是一位奥克斯黑德先辈，他曾在克雷西战役中折断了长矛，或者在开战之前。还有麦克威尼·奥克斯黑德，他疯狂地骑马穿越弗罗登战场，把一路收集的战地消息带给了爱丁堡的市民们。他旁边悬挂的是伊丽莎白女王时代的阿姆亚斯·奥克斯黑德爵士的画像，他那

---

① 奥克斯黑德，原文为 Oxhead，从字面来看，该词由 Ox（牛）和 head（头）合成，该姓氏可译为"牛头"，在后文中伯爵家族的纹章盾牌上也确有牛的形象。但该姓氏很可能是作者出于幽默考虑而杜撰的。

张有一半西班牙血统的脸是黝黑的，当年是他的小艇第一个冲到普利茅斯港报信，说从一段合理距离外可以判断，好像英国舰队就要和西班牙无敌舰队决一死战了。在这幅画像下方，是两个保王党兄弟的画像，即吉尔斯·奥克斯黑德和艾维拉德·奥克斯黑德，他们曾与查理二世国王一起坐在橡树下。然后再往右手边是波恩松比·奥克斯黑德爵士，他曾随威灵顿公爵在西班牙征战直至退伍。

在公爵所坐之处的正前方，其家族的装饰华美的纹章盾牌就安放在壁炉架上方。它所蕴含的家族自豪是一目了然的，连孩子都看出来——在盾牌的一片红底色上有一头用后肢站立的牛，占据了盾牌的四分之一，右手边是一杆长矛和一条狗，在一个素色的平行四边形的正中位置刻着铭文："Hic，haec，hoc，hujus，hujus，hujus。[①]"

"爸爸！"那女孩的声音很清脆，穿透了饰有墙裙板的书房的昏暗。格温多琳·奥克斯黑德搂住了公爵的脖子，她脸上洋溢着幸福的光彩。格温多琳是一个二十三岁的漂亮女孩，她那女孩气十足的天真清新可人，是典型的英国范儿。她穿着褐色荷兰布做的迷人的步行便装，是当时英国贵族中流行的那种，一条粗犷的皮革腰带系在她的腰部，绕腰了一圈已尽显妩媚。她身上有一种迷人的简约，这正是她最大的魅力所在。她或许

[①] Hic，haec，hoc 只是拉丁文中表示"这、那"的代词的主格形式，分别对应阳性、阴性和中性，hujus 则是这三者（hic，haec，hoc）共同的所有格形式。就是说，"Hic，haec，hoc，hujus，hujus，hujus"不过是拉丁语词汇中几个简单的词汇变格，根本没有特别意义。而奥克斯黑德家族把这样几个拉丁语词莫名其妙地排在一起，视为家训铭文，当然是很可笑的。

比方圆很多里地的女孩都更简单纯朴。格温多琳是她爸爸的骄傲，因为他发现他家族的品质在她身上体现无遗。

"爸爸，"她说，一阵羞红掠过她姣好的脸庞，"我很幸福，哦，非常幸福；艾德温已经向我求婚，我们已达成婚约——当然至少先要征得您同意。没有我父亲的许可我是决不会结婚的，"她补充说，骄傲地抬起了头，"奥克斯黑德家族的人就该如此。"

然后，注视着老爵士那动容的脸，女孩的情绪立即变了。"爸爸，"她叫道，"爸爸，您病了吗？怎么回事呢？我打铃叫人好吗？"格温多琳说着，伸手要去拉垂在墙边的那根沉甸甸的铃绳，但伯爵怕她狂乱之下真的去拉铃，就拦住了她的手。"的确，我陷入了大麻烦，"奥克斯黑德爵士说，"不过很快会过去的。先告诉我你带来的这个消息是怎么回事吧。格温多琳，我希望你的选择配得上奥克斯黑德这个姓氏，也希望和你达成婚约的那个人配得上我们的家训和他的家训。"然后，爵士抬起双眼，看着他面前的家族纹章盾牌，开始有点儿无意识地喃喃念道："Hic，haec，hoc，hujus，hujus，hujus"，仿佛是在念他永远不会忘记的一段祈祷词，就像他的很多先辈在他之前做过的那样。

"爸爸，"格温多琳继续说，有一点儿羞怯，"艾德温是美国人。"

"你真让我吃惊啊。"奥克斯黑德爵士回答说。"不过嘛，"他继续说，转向他的女儿，带着老派贵族特有的那种优雅风度，"我们凭什么不尊敬和崇拜美国人呢？他们中有些大名鼎鼎的人物啊。真的，我们的祖先阿姆亚斯·奥克斯黑德爵士，我想，他娶了波卡洪塔斯——就算两人没有结婚，至少——"伯爵犹豫了片刻。

"至少他们彼此相爱。"格温多琳简要地说。

"确实，"伯爵说，松了口气，"他们彼此相爱，是的，千真万确。"然后，仿佛在自言自语似的："是啊，有些了不起的美国人。玻利瓦尔①是美国人。那两个华盛顿——乔治和布克尔——都是美国人。还有其他一些，尽管这会儿我想不起他们的名字。对了，格温多琳，告诉我吧，你的这个艾德温——他家在哪里呢？"

"奥希柯希，威斯康星②，爸爸。"

"啊！是嘛！"伯爵回应道，兴趣大增，"奥希柯希，真的，是一个很古老的名号。奥希柯希是一个俄罗斯家族。有个叫伊万·奥希柯希的，曾随彼得大帝到了英格兰，娶了我祖上的一位女士。他们的一个二等亲后代，密克斯塔普·奥希柯希在火烧莫斯科时曾经参战，后来又参与了塞拉曼加劫城和亚德连堡条约谈判，还有威斯康星，"老爵士继续说着，他的脸上神采飞扬，因为他对纹章学、系谱学、年代学、商业地理学情有独

① 指西蒙·玻利瓦尔（Simón Bolívar, 1783—1830），他是 19 世纪解放南美大陆的英雄人物，曾领导军队从西班牙殖民统治者手中解放玻利维亚、哥伦比亚、厄瓜多尔、秘鲁和委内瑞拉，被称为"美洲解放者""委内瑞拉国父"。伯爵把美洲和美国混为一谈，也不清楚美国是在北美洲还是南美洲，其无知显而易见。

② 奥希柯希估计是作者虚构的一个地名，威斯康星是美国一个州的名称。但是老伯爵把它们都当成了古老的姓氏，因此有后文中关于古老姓氏的大放厥词。

钟，"威斯康星家族，或者，我想尤其是吉斯康辛家族是血缘古老的。有个吉斯康星家族家族的人曾随亨利一世去耶路撒冷，还从阿拉伯人那里救了我的祖先哈达普·奥克斯黑德。另一个吉斯康星家族家族的人……"

"不是啦，爸爸，"格温多琳温和地插话说，"威斯康星不是艾德温家的姓，我想，那是他家的地产的名称。我的心上人名叫艾德温·爱因斯坦。"

"爱因斯坦，"伯爵疑惑地重复道，"这也许是个印度姓氏；不过印度人也有很多是出身豪门。我的一个先祖……"

"爸爸，"格温多琳再一次插话，"这儿有艾德温的画像。您自己看看就知道他是不是贵族了。"说着她把一个美国人的锡版照片放到了她爸爸手里，照片上了粉红色和褐色。照片上是一个典型的美国男子，他那种益格鲁-闪族的面貌特征在英国人和犹太人混血的人中很常见。照片中的男子有五英尺二英寸高，块头符合比例。优雅地倾斜的双肩与苗条而均衡的腰部以及柔软而灵活的手搭配得很和谐。冲淡他脸色的苍白的是垂向两边的黑色八字胡。

这就是艾德温·爱因斯坦，格温多琳对他已心有所归，虽然两人尚未订婚。他们的爱那么简单，又那么奇怪。在格温多琳看来好像一切就发生在昨天，可实际上他们相识于三周以前。爱情把他们不可避免地拉到了一起。对艾德温来说，这个拥有古老姓氏和庞大家产的漂亮的英国女孩，有一种他简直不敢对自己承认的魅力。他下定决心要向她求婚。对格温多琳来说，艾德温的派头，他所佩戴的富丽的珠宝以及传言归于他名下的巨额财富，与她天性中的某种浪漫、侠义的东西刚好契合，令她痴迷不已。

她喜欢听他谈股票和债券，谈垄断和盈余以及他父亲的庞大生意。这一切看起来比她周围的人们的卑微生活尊贵得多、高档得多。艾德温也喜欢听女孩讲他父亲的产业，讲几百年前萨拉丁①送予或借给她的祖先的镶宝石的剑。她关于她的父亲、老爵士的描述，触动了艾德温慷慨的心灵中某种浪漫的东西。他老是问伯爵高寿几何、是否强壮、是否有心脏病发作及突然发作对他有何影响，诸如此类的问题，他问起来总是不厌其烦。然后那个夜晚终于来临，格温多琳满心欢喜地在心里预演了一次又一次的情景出现了：艾德温以他那直率的、男子汉的方式问她——若符合待日后议定的书面协议条款——她是否愿做他的妻子；她信任地把手放到他的手里，简要地回答说——若是她父亲同意并且完成必要的法律调查和手续——她愿意。

一切如在梦中。现在艾德温·爱因斯坦已亲自登门，来向她的父亲、老伯爵提出迎娶她的请求。的确，此时此刻他就在外面的客厅里，一边等待他的未婚妻把命攸关的消息告诉奥克斯黑德爵士，一边用他的裁纸刀检验画框里的黄金叶片是否货真价实。

格温多琳鼓足了勇气，要奋力一搏。"老爸，"她说，"还

---

① 萨拉丁（Saladin，1138—1193），埃及和叙利亚苏丹，曾占据耶路撒冷并抵御东征的十字军。

有件事情，要告诉您才公平。艾德温的父亲在做生意。"

伯爵大吃一惊，从座位上站了起来。"做生意！"他重复，"向奥克斯黑德家的女儿求婚的人，他父亲在做生意！你疯了吗，丫头？这太过分了，太过分了。"

"可是，父亲，"漂亮女孩痛苦地申辩说，"听我说。是艾德温的父亲——萨柯法古斯·爱因斯坦老先生——不是艾德温本人。艾德温什么也不做。他从来没有赚过一毛钱。他简直连自己都养不活。你只要看到他就会相信这点。真的，亲爱的父亲，他就像我们一样。他现在就在这儿，就在这屋子里，在等着见您。假若他没有巨额财富……"

"丫头，"伯爵严厉地说，"我不在意那个男人的财富。他有多少钱来着？"

"一千五百二十五万美元。"格温多琳回答说。奥克斯黑德爵士把头靠在壁炉架上。他的心处在漩涡之中。他在绞尽脑汁算一千五百二十五万美元的年利息，按 4.5% 的利率计算，并且要折合为英镑、先令和便士。这徒劳无益。经过多年的高档生活和简单思维的磨炼，他的头脑已变得无比精致、纤巧，经不起算术的折腾了……

就在这个时刻门开了，艾德温·爱因斯坦站在了伯爵的面前。格温多琳永远忘不了发生的一切。终其一生这一幕都在她心里萦绕不去——她的恋人直立在门口，他坦率的目光疑惑地聚焦在她父亲领带的钻石饰针上，而她的父亲呢，他把脸从壁炉架上抬了起来，一脸惊讶的痛苦表情。

"你！你！"他气喘吁吁。他挺直身子站了一会儿，在空中摇晃和摸索着，然后就扑地倒在了地板上。两位恋人冲过去帮他。艾德温扯开他的领带并把钻石饰针摘掉，以便他更好地呼吸。但是晚了。奥克斯黑德爵士呼了最后一口气。元气已散。爵士气绝了。就是说，他死了。

他的死因永远成了谜。是艾德温的露面要了他的命吗？或许是的。年长的家庭医生被匆匆招来，他宣布他对死因也一无所知。这一点，也是有可能的。艾德温本人什么也解释不了。不过人们注意到，自从伯爵死去而他与格温多琳结婚以后，他变成了另一个人，不仅穿着更好了，说的英语也好多了。

那场婚礼是平静的，几乎是悲哀的。按格温多琳的要求，没有婚礼早餐，没有女傧相，没有接亲典礼，而艾德温体恤他的新娘的丧亲之痛，坚持免除了男傧相，免除了鲜花，免除了礼物，还免除了蜜月。

就这样，奥克斯黑德爵士的秘密随他一起消亡了。它可能过于复杂而没有什么趣味可言。

寄宿公寓里的几何学

定义和公理

所有的寄宿公寓都是同一寄宿公寓。

住在同一寄宿公寓及同一楼层的所有寄宿者彼此相等。

单人房指的是毫有附属设施也毫无空间可言的房间。

寄宿公寓的房东是一个平行四边形——也就是说，一个有棱角的长方形物体，形状难以精确描述，因其可变形为任何东西。

口角如两线交叉，是相遇却道不相同的两个寄宿客之间的不相与和。

其他所有房子租住已满，则单人房据说也可称为双人房。

假定与定理

一块煎饼可以煎来煎去，多少次都行。

女房东的要价可由一系列的定理缩减至最低价位。

从任何寄宿公寓都可以连一条直线到其他寄宿公寓。

寄宿公寓的被褥床单之类总是彼此不配，尽管搭来配去几经折腾。

寄宿公寓的任何两餐饭加在一起，都少于两顿正餐的分量。

假定从寄宿公寓相对的两头画一条线依次穿过所有房间，则供寄宿客取暖的火炉的烟筒将处在该线的同一边。

在同一张账单上以及在账单的同一面，对同一事项不应当有两笔收费。

假定两个寄宿客住同一楼层，住这一边的人和住那一边的人彼此的花销相同，分毫不差，并且其中一人与女房东的口角跟另一人与女房东的口角旗鼓相当，不分伯仲，则两个寄宿客每周的寄宿费也彼此相等。

否则，就得有一个人的寄宿费更高。

那么，另一个人的寄宿费就会低于应有金额——这与情理相悖。

琼斯先生的悲惨命运

有些人——不是你也不是我，因为我们非常有自制力——而有些人，在拜访别人或晚上与人聊天的时候，总觉得告辞是一件难而又难的事。时间一分接一分地过去，到了拜访者觉得自己真的该走的时候了，他站起来吞吞吐吐地说："呃，我想我……"紧接着主人就说："噢，你这就要走吗？时间真的还早哩！"于是拜访者拿不定主意的尴尬就接踵而至了。

在我所知的这类事情中，最悲惨的例子要数我可怜的朋友梅尔帕梅纽斯·琼斯先生的遭遇了。他是一个助理牧师，一个非常可爱的年轻人，才二十三岁哩。他简直不知道该如何从所拜访的人家里脱身。他是那么忠厚，因而不会说谎，同时又是那么规矩，从不愿失礼。正好在他放暑假的第一天下午，他去他的一个朋友家拜访。接下来的六个星期都属于他自己——他没有任何事可做。他在那儿聊了一会儿天，喝了两杯茶，然后好不容易鼓起了勇气，突兀地说：

"呃，我想我……"

可是女主人说："噢，别急！琼斯先生，你真不能再多待一会儿吗？"

琼斯从来都是说实话的。"噢，能，"他说，"当然，我——呃——可以再待一会儿。"

"那就请别走。"

他留了下来，喝了十一杯茶。夜幕开始降临了，他再一次站起身来。

"呃，现在，"他怯生生地说，"我想我真的……"

"你非要走吗？"女主人客气地说，"我还以为你可以留下来吃晚饭哩……"

"呃，是可以的，你知道，"琼斯说，"假如……"

"那就留下来吧，我肯定我丈夫会很高兴的。"

"好吧，"他有气无力地说，"那就留下来吧。"他颓然坐回到椅子里，灌了一肚子茶水，怪难受的。

男主人回来了。他们开始吃晚饭。席间琼斯从头到尾都坐在那儿盘算着要在八点三十分告辞。主人一家都在纳闷，不知琼斯到底是因呆笨而显得郁闷不乐呢，还是仅仅只是呆头呆脑。

吃完饭之后，女主人想"打开他的话匣子"，于是就拿出照片来给他看。她把家里珍藏的所有照片全都拿了出来，总共有好几罗①哩——其中有男主人的叔叔和婶婶的照片，有女主人的哥哥和他的小儿子的照片，有一张非常有趣的是男主人的叔叔的朋友穿着孟加拉军服的照片，有一张拍得非常好的是男主人的爷爷的同事的狗的照片，还有一张非常邪门的是男主人在一次化装舞会上扮演魔鬼的照片。

---

① 罗，数量单位，一罗相当于十二打。

到八点三十的时候，琼斯已看了七十一张照片，大约还有六十九张没看。琼斯站了起来。

"现在我得告辞了。"他以恳求的口吻说。

"告辞！"他们说，"嗨，才八点三十哩！你有什么事要去办吗？"

"没什么事。"他承认，接着又闷声闷气地说了说将闲六个星期，然后苦笑了一下。

就在这时候，大家发现主人家的宝贝儿子——那个可爱的小调皮鬼把琼斯先生的帽子给藏起来了，因此男主人说琼斯先生非留下来不可了，于是就请琼斯一起抽烟和聊天。男主人一边抽烟一边和琼斯聊天，琼斯于是又待了下来。他时时刻刻都想果断地离去，可就是办不到。后来男主人开始厌烦琼斯了，变得烦躁不安起来，他用反话挖苦说：琼斯先生最好留下来过夜，他们可以给他临时搭一个铺。琼斯误解了他的本意，竟热泪盈眶地向他连连道谢。于是男主人便把他安顿在一间空房里，内心里却在狠狠地咒诅他。

第二天吃完早饭后，男主人进城上班去了，留下琼斯和在家的宝贝儿子玩。琼斯伤心透了，他完全气馁了。这一天他一直在琢磨要离去，可他又左右为难，致使他根本没法脱身。男主人傍晚下班回来，发现琼斯居然还在家里赖着，大感吃惊和恼火。他想干脆开个玩笑把琼斯支走吧，于是就说：他认为该向琼斯先生收房租和伙食费了，嘿嘿！那个不幸的小伙子目瞪口呆了一阵子，然后紧紧握住男主人的手，向他预付了一个月的食宿费，而且还情不自禁地抽泣起来，像个孩子在哭似的。

在接下来的日子里，他神情忧郁，让人难以接近。当然，他整天都是闷在客厅里，由于缺少新鲜空气加之又缺乏锻炼，他的身体很快就显得不行了。他靠喝茶和看那些照片来消磨时光。他常常一站就是几个小时，盯着男主人的叔叔的朋友穿孟加拉军服的照片——有时是对它说话，有时是对它发毒誓。他的心智显然已开始失常了。

最后他终于垮了。人们把他抬到了楼上，他发烧可真厉害，根本就神志不清。后来病情进一步恶化，怪可怕的。他谁都不认识了，连男主人的叔叔的那位穿孟加拉军服的朋友都认不出来了。有时候，他会从床上惊坐起来，尖叫道："呃，我想……"紧接着又倒回到枕头上，同时发出一声令人毛骨悚然的大笑。再过一会儿，他又会跳将起来，大叫道："再来一杯茶，再拿些照片来！再拿些照片来！哈！哈！"

最后，经过一个月的痛苦折磨，在他的假期的最后一天，他去世了。人们说在他临终之际，他脸带自信的美丽微笑坐在床上，说："噢——天使们在召唤我，我想我真的该走了。再见。"

他的灵魂从囚禁它的牢房挣脱而去，其速度之快就像被追捕的猫越过花园的篱笆一样。

圣诞书简

（一位女士送来请柬，邀我参加一个儿童聚会，谨以此信答复。）

小姐：

请允许我非常感激却坚决地拒绝您的盛情邀请。您无疑是一片好心，然而很不幸您的想法却是错误的。

让我们干干脆脆把话说白了吧。在我这一大把年纪，可谓心有余而力不足，没法放任自己去参与孩子们的活动了。对诸如"找拖鞋"和"瞎子戏"之类游戏，我历来都予以最诚挚的重视。但现在我已到达人生的这么一个阶段，再让我被蒙上双眼，任由一个强壮的十岁男孩用玩具木马敲我的后背并让我猜是谁打的，这只会激发我的报复之心，最终导致我鲁莽地犯罪。我同样做不到把客厅小地毯披在肩上，手脚并用地在地上爬来爬去，假装自己是一头熊，而对自己的举止失当无所顾忌，这种玩法对我来说痛苦不堪。

我也没法心安理得地去目睹您那位年轻的牧师朋友、尊敬的阿特姆斯特·法辛先生的可悲情景：他忘乎所以地沉湎于这种嬉戏，扮演主角并成为晚会的灵魂人物。跻身神圣职业却堕落若此，让我痛心疾首，也令我不得不怀疑他别有用心。

您告诉我说，您那未婚的姨妈打算帮助您办好这次聚会。如您所知，我无幸认识您的姨妈，但我有理由猜测她会组织玩游戏——猜谜游戏之类——她会让我说出亚洲的一条名称以 Z 字母开头的河流；我若是说不出来，她会把一个滚烫的盘子放在我的后颈子上作为处罚，而孩子们则会拍手称快。诸如此类的游戏，我亲爱的年轻朋友，需要找的是一个比我更有适应力和才干的人，故我没法答应参与这样的游戏。

作为本函的结语，请允许我补充一句，我认为从圣诞树顶端的枝条上摘下的一块擦笔布，是不足以作为您提议的晚会的合理补偿的。

我荣幸地签名为：

您的恭顺的仆人

怎样成为百万富翁

我经常和百万富翁们打交道。我喜欢他们。我喜欢他们的脸相。我喜欢他们的生活方式。我喜欢他们的饮食。和他们交往越多，我就越喜欢他们的一切。

我尤其喜欢的是他们的衣着，是他们灰色的格子裤、白色的格子背心、沉甸甸的金链子以及他们用来签署支票的图章戒指。呀！他们可真够气派的。要是能看到他们六七个人一起坐在俱乐部里，那才过瘾哩。他们的身上哪怕是沾上一丁点儿灰尘，都会有人跑去为他们掸掉。真的，而且很乐意这样。连我本人都巴不得能为他们掸掉点儿灰尘哩。

我喜欢他们的饮食，但是我更喜欢他们的满腹经纶。那真是了不起。看看他们读书就明白了。他们简直是时刻都在读书。无论何时到俱乐部去，你都会发现有三四个百万富翁在那儿。瞧他们读的那些东西！你准会认为，一个从上午十一点到下午三点都在办公室操劳、中间只有一个半小时吃中饭的人，定会疲惫不堪。其实根本不是那么回事。这些人在办公室忙碌完之后，照样能坐下来读《小品文》《警察报》和《桃色苑》之类，而且还能和我一样读懂其中的笑话。

我很热衷于做的一件事是在他们之间走来走去，以便能听到他们的一言半语。几天前我听到其中一位阔佬身子往前探着说：

"哼，我说了给他一百五十万，再多一分都不给，要不要随他的便——"我多渴望能插上一句："什么！什么！一百五十万！噢！再说一遍！给我好了，要不要随我的便。就给这一次机会吧，我知道我能马上答复您。只给一百万也行，我们马上一言为定。"

并不是说他们这些人对钱无所谓。不，先生，别那么想。他们对大笔大笔的钱当然是不太在乎的，比如说一出手便是十万八万的。但对小钱可不一样。除非你了解他们为了一分一厘甚至更少的数目会急成啥模样，否则你是不会明白他们是如何看重小钱的。

嗨，几天前的一个晚上，两个百万富翁到俱乐部来，高兴得像发了疯似的。他们说小麦涨价了，他们俩在不到半个小时就各自赚了四分钱。这赚头令他们胃口大开，他们点了足以供十六个人吃的一大桌宴席。我为报刊写稿挣到的钱是这点儿赚头的两倍，我都从来不觉得有什么好夸耀的。

有一天晚上，我听见一个阔佬说："喂，咱们打个电话给纽约，给他们两分五厘钱。"天啦！想想看，深更半夜打电话去人口近五百万的纽约城，就为了给他们两分五厘钱，电话费就不止这个数哩！那么——纽约人是不是大光其火呢？没有，他们接受了。当然，这是高级金融问题。我不便在此不懂装懂。此后我打电话到芝加哥，说给它一分五厘钱，另外我还打电话到安大略省的汉米顿①，说给它五毛钱，可接线员却以为我

━━━━━━━━

① 汉米顿，加拿大一城市。另外美国和英国都有城市与此同名。

疯了。

所有这一切当然说明我一直在研究百万富翁们的做派。我是在研究，研究多年了。我认为对刚刚开始工作就巴望以后再也不用工作的年轻人来说，这种研究可能还是很有帮助的。

你知道，很多人很晚才意识到：假如在他还是个孩子的时候他就明白了现在明白的事理，那么，他就不会是现在这副模样，而完全可能有另外一番作为。而反过来，又有多少年轻人静下心来想过：假如他当年去了解他现在所不了解的那些东西，那他是否同样会大有另一番作为呢？这些想法叫人害怕。

总之，我一直在探寻百万富翁们的成功奥秘。

有一点我是很有把握的：假如一个年轻人想成为百万富翁，那么必须对他的饮食和起居倍加小心。看来要做到这一点不容易。但成功从来不是轻而易举的，总要吃点儿苦头。

一个想成为百万富翁的年轻人，假如他自以为有权在七点半起床，早饭吃强力牌肉食和荷包蛋，午餐喝凉水，而且十点钟准时睡觉，那他是毫无指望的。你不能这样做。百万富翁我可见得多啦，没见过这样做的。假如你想成为百万富翁，在早上十点之前你不应该起床。百万富翁们从不这样做。他们不敢这样。假如有人看见他们早上九点半钟就上街忙碌了，那他们的生意也就大大掉价了。

节俭的老观念是大错特错的。要想成为百万富翁，你就得喝香槟酒，多多益善，时时刻刻都喝。除了香槟，你还得喝苏格兰威士忌和苏打水。你得几乎整个晚上都泡在酒水里，成桶成桶地喝。这玩意儿能使你头脑清醒，对第一天做生意大有裨益。我见过很多这样的百万富翁，他们在早上头脑是那么清醒，红彤彤的脸就像刚煮过似的。

当然，像这样生活需要决心。不过那玩意儿可以一品脱①一品脱地买到。

因此，我亲爱的小伙子，假如你想在生意方面更上一层楼，那就得改变一下生活方式。要是房东大娘给你端来熏肉和蛋做早餐，把它们扔到窗外去喂狗好了，叫她给你来点儿凉拌芦笋和一品脱葡萄酒来。然后打个电话给你的老板，告诉他你十一点钟到。这样你就会一步步发达起来。没错的，很快就会发起来。

至于百万富翁们是怎样赚到一百万的，这个问题不太好回答。但有一种办法是这样的：带五分钱到城市里去闯天下。百万富翁们几乎都是这样起家的。他们一次又一次地告诉我（都是些身家财成百万成千上万的阔佬啊），他们当初到城里来闯天下的时候身上只有五分钱。看来他们就是靠这点儿本钱发起来的。有一次我也差点儿这样发起来了。我当时借了五分钱，带着它急匆匆地跑出了城。假如我不是在郊外碰到一家酒馆而把那五分钱给花了，那很可能今天我已经发了哩。

另一种行之有效的办法是创办一点儿什么。规模要大，要做别人从没想过的事。比如说，有一个我认识的阔佬告诉我

---

① 品脱，一种液体容量单位，相当于 0.57 升。

说，想当年他在墨西哥，身无分文（他在中美洲把那五分钱的本钱亏掉了。他注意到那儿没有发电厂，于是他就办了一个，结果大赚了一笔。不过，我认识的另一个阔佬也差不多，他初闯纽约时也是身无分文。不过，他突然想到纽约城需要盖一些比以往所盖高十层的高楼。于是他就盖了两座，紧接着就把它们卖掉了。很多百万富翁都是用这种简单的方法发起来的。我几乎讨厌把它说出来，因为我本人也想靠它发财。

当然，还有一种方法比上述任何一种简单的方法都要容易。

我是有天晚上在俱乐部偶然听说的。俱乐部里有一个老先生，他极其富有，脸相活像一条土狼，在他们那类人中是如类拔萃的。我以前从不知道他是如何暴发起来的，因此有一天晚上，我向一个百万富翁打听一下布洛格斯老家伙是怎样发起来的。

"他怎么发的？"他轻蔑地回答说，"嗨，他是在孤儿和寡妇身上发的财。"

孤儿和寡妇！妈呀，这个生意可真绝！谁能想到孤儿和寡妇身上会有财可发呢？

"可怎么个发法呢？"我很小心地问道，"难道从他们身上强抢不成？"

"嗨，"那人回答说，"他只需把他们放在脚跟下面狠榨就行了，就这么回事。"

瞧，多简单省事啊！

自那以后，我经常琢磨这次谈话，很想试一试这一高招。要是我能逮着他们，我会很快地榨干他们。可怎么才能把他们弄到手呢？我所认识的寡妇大多数很壮实，要榨她们可不容易，至于说孤儿，不知要榨多少才能有点儿油水。目前我还在等待时机，要是我能弄来一大批孤儿，我倒真要榨榨他们看。

经向人请教，我还发现从牧师身上也可以榨出钱来。他们都说牧师们挺好榨的。不过，或许还是孤儿容易榨一些。

怎样才能活到两百岁

二十年前我认识一个叫吉金斯的人，此公有健身的习惯。

那时他每天早上都要洗一个冷水澡，他说这能使毛孔舒张；然后他必定再洗一个热水澡，他说这能使毛孔关闭。他这样做为的是能够随心所欲地开合毛孔。

在每天穿衣起床之前，他总要站在敞开的窗前练习呼吸半个小时。他说这能扩大肺活量。当然他也可以去鞋店用鞋撑子达到这一目的，可这种窗前练习毕竟是一钱不花的，花去半个小时算得了什么呢？

穿上内衣后，吉金斯接着会把自己像狗一样拴起来做健身运动。他不是前俯，就是后仰，臀部撅得老高老高的，折腾得可来劲儿啦。

无论在哪儿他都能找到些狗事干。他把所有的时间都花在这上面了。在办公室的时候，他一闲下来就会趴到地板上，看自己能不能用手指把自己撑起来。要是此举大功告成，他接下来又会试其他的招数，一直要到发现某个动作实在做不了才肯罢休。就连午饭后的那点儿休息时间他都要用来练腹肌，他感到真是其乐无穷。

傍晚回到自己房里后，他不是举钢棒，就是搬炮弹，要不就是玩哑铃，还用牙齿咬住天花板上垂下来的什么东西做引体向上哩。在半英里之外，你都能听到那砰砰咚咚的声音。

他喜欢这样。

整个晚上他有一半时间吊在房上晃来晃去。他说这样能使他头脑清醒。在把头脑完全弄清醒后，他就上床睡觉了。第二天一醒来，他又开始再次清醒头脑。

吉金斯如今死了。他当然是一个先驱者，不过他因情系哑铃而英年早逝的事，并没有阻止一整代年轻人踏着他的足迹继续前进。

他们都成了健身癖的奴隶。

他们都使自己成了讨厌鬼。

他们在不该起床的时间起床。他们傻傻地穿着一点点儿衣服在早饭前搞马拉松长跑。他们光着脚丫互相追逐，双脚不沾满露水便于心不忍。他们猎取新鲜空气。他们为胃蛋白酶伤透脑筋。他们不愿吃肉，因为肉里含氮太多。他们不愿吃水果，因为水果里根本不含氮。他们更喜欢蛋白质、淀粉和氮，却不愿吃橘馅饼和面包圈。他们不愿从水龙头喝水。他们不愿吃罐装沙丁鱼。他们不吃装在桶里的牡蛎。他们不愿从杯子里喝牛奶。他们害怕各种各样的酒精。是的，先生，就是怕。真是些"怕死鬼"！

他们这也怕那也怕，可还是患上了某种简简单单的老式病，没折腾多久也像别的人一样呜呼哀哉了。

如今这一类人怎么着都无缘长寿。他们是适得其反呀。

诸君且听我一言。你是不是真的想活得很长很长，真的想

享受优裕幸福、老而未衰的值得夸耀的晚年，同时用你对往事
的唠叨令左右邻居讨厌不已呢？

那就别听"早起长寿"的胡话。千万别听。早上最好在合
适的时间起床。没到非起床不可不要起来，犯不着提前。如果
你是十一点上班，那就十点三十起床。有新鲜空气就尽情呼吸
吧。不过这东西现在早已绝迹。如果真还有的话，那就花五分
钱买上满了一热水瓶，把它放在食橱架上。如果你是早上七点
上班，提前十分钟起床得了，但不要自欺欺人地说你喜欢这
样。这不是一件乐事，你心里明白。

另外，也不要信冷水澡那一套，你小的时候从不这样做，
现在也犯不着当这种傻瓜。假如你必须洗澡（你其实真不需
要），那就洗温水吧。从冷飕飕的床上爬起来，跑去洗个热水
澡可谓其乐无穷，不知要胜过冷水澡多少倍。不管怎么样，可
别为你泡过的澡或洗过的"淋浴"大吹其牛，好像世界上只有
你洗过澡似的。

关于这一点就说这么多。

接下来我们谈谈细菌和杆菌的问题。不要害怕它们。有这
点就够了。事情就这么简单，一旦你做到了这一点，那你就再
也不用为它们忧心忡忡了。

你要是遇到一个杆菌，径直走上去好了，就盯着它的眼
睛。假如有一个杆菌飞进了你房里，用你的帽子或毛巾狠狠抽
它一顿。点着它的脖子和喉咙间抽吧，能抽多重就抽多重。过
不了多久它就会受不了的。

不过，说老实话，要是你不害怕它的话，杆菌是一种很文静而且无害的东西。跟它说说话吧。对它说："躺下。"它会懂的。我曾经养有一个杆菌，叫做"费多"，我干活的时候，它会走过来躺在我的脚边。我还从没结识过比它更重情义的朋友哩。在它被一辆汽车压死之后，我把它埋在了花园里，心里好不伤心。

（我承认这么说有点儿夸张。我并不是真的记住了它的名字，它说不定叫"罗伯特"。）

要明白，所谓霍乱、伤寒和白喉是由细菌和杆菌引起的，这不过是现代医学的臆想而已，纯属无稽之谈。霍乱是由腹部剧疼引起的，白喉则是治喉痛的结果。

现在我们来谈谈食物的问题。

想吃什么就吃什么好了。放开肚皮吃吧。是的，毫无顾忌地吃。一直吃到你要摇摇晃晃才能走到房子的那一头，一直吃到要用沙发靠垫撑住身子才行。爱吃什么就吃什么，直吃到再也塞不下去才罢休。唯一要考验的是，你能不能付得起钱。假如你付不起这钱，那就别吃。听着——别担心你的食物里是否含有淀粉、蛋白质、麦质或氮元素。假如你实在傻到家了，非要吃这些东西，那就去买吧，想吃多少就吃多少。可以去洗衣店买一大袋淀粉来，想吃就吃他个够。好好吃吧，吃完之后再大喝一顿胶水，外加一小勺波特兰水泥。这能把你粘得结结实实的。

假如你喜欢氮，可以到药店的苏打柜台买一大听来，用吸管好好消受一番。只是不要以为这些东西可以和你别的食物混起来吃。通常的食品中可没有氮、磷或蛋白。在任何一个体面的家庭里，所有这些东西在上桌之前早就被冲洗在厨房的洗碗槽里了。

最后再就新鲜空气和锻炼的事说几句。不要为它们任何一样烦恼。把你的房间装满新鲜空气，然后关起窗户把它贮藏好。它能存上好多年哩。不管怎样，不要每时每刻都用你的肺。让它们休息休息吧。至于说锻炼，假如你非锻炼不可的话，那就去锻炼并且忍受它吧。不过要是你有钱雇佣别人为你打棒球、跑步或进行其他锻炼，而你坐在阴凉处抽烟并观看他们——天哪，那你还有什么可求的呢？

如何避免结婚

　　几年以前，在担任《读者来信》专栏的编辑那会儿，我经常收到一些小伙子寻求忠告与同情的愁肠百结的来函。他们发现自己成了姑娘们明显关注的对象，却简直不知道该如何应对。对一种他们感觉既热烈又无私的爱，他们可不愿予以伤害或表现得无动于衷，可是他们又觉得，既然彼此还没有心心相印，当然不能轻易地牵手成婚。他们非常坦率、毫无保留地写信给我，寻求解脱的人向别人倾诉苦衷，也不过如此了。得到他们的信任，我仿佛是发过誓要保守秘密似的，除了把他们的姓名、地址及来信原原本本印出来，决不在我们报纸的发行范围之外泄露他们的隐私，或者对他们的身份作任何暗示。不过我或许可以把其中一封来信连同我的回函再作披露，料想也不会导致什么羞辱，因为此信刊发于几个月之前，时光老人抚慰的手早已编织出玫瑰锦绣——我该怎么表达呢？——甜蜜而朦胧的回忆已经——我的意思是，那小伙子已重返工作岗位，又恢复了正常。

　　以下是一个小伙子的来信，他的姓名我不该透露，只能称其为 D.F.；他的地址我也不能泄露，只能简简单单以西区 Q 街指代。

亲爱的里柯克先生：

近期以来，我受到一位年轻女士显而易见的青睐。她几乎每个下午都到舍下拜访，不是开车带我去兜风，就是请我参加音乐会或去看戏。每逢听音乐和看戏，我总是坚持让她带我父亲同行，并尽可能阻止她对我说一些父亲不合适听到的话。但是我的处境很艰难。既然我并不倾心于她，我觉得接受她的礼物不太合适。昨天她送来一束漂亮的美国月月红，注明是送给我的，还送了一大捆猫尾草，是给我父亲的。我真不知道说什么好。父亲接受如此昂贵的干草合适吗？我跟父亲向来无话不谈，我们已经讨论了礼物的问题。他觉得，有些礼物我们可以体面地收下，而另一些礼物出于体谅不能收。他本人会把礼物归入这两种类型。他认为，依他的见识猫尾草属于第二类。于是我只好写信给您了，因为我知道，劳拉·珍尼·利比小姐和贝雅特利克斯·费尔法克斯小姐都在度假，再说我的一位密切关注她们的文章的朋友告诉我，说她们总是忙不胜忙的。

随信寄上一元钱，因为我觉得，既然占用您的宝贵时间，领教您的精辟高见，不向您支付应得的酬劳实在是不恰当。

收到信后我立即回复了一封推心置腹的私函，并在接下来的那期报纸上把它发了出来。

我最亲爱的小伙子：

你的来函令我大为感动。一拆开你那封爽心悦目的信，看到信纸间夹着你精巧而雅致地折叠起来的那张蓝绿色的一元钞票，我就意识到这钞票非同小可，而我会逐步喜欢上寄钞票的人——假如我们已开始的通信能持续下去的话。我把那一元钱从你的信里拿了出来，又是亲吻又是抚摸，不下十多次呢。亲爱的不相识的小伙子啊！我会永远珍藏那一块钱！以后不管我多么需要花掉它，不管有多少生活必需品我得去购买，是的，绝对的生活必需品，我都会永远珍藏那一块钱。你明白吗，亲爱的？我会珍藏它。我决不会花掉它。一旦把它花掉了，那就像是你从来没有寄过。即使你再寄一块钱给我，我还是会珍藏开头这一块钱，因此不管你寄多少个一块钱过来，这最初的友谊都不会被贪财的欲念所玷污。我说一块钱的意思是，亲爱的，无论是一张快递汇票，还是一张邮政汇票，甚至是一些邮票，当然都是一样的。但是这些东西不要往办公室寄，因为我可不乐意你小巧可爱的信件四处散落，弄不好被别的人处理掉。

不过我现在得打住，不再老是说我自己，因为我知道，像我这么个头脑简单的老顽固，你是不会感兴趣的。还是让我来谈谈你的来信以及信中涉及的所有婚龄小伙子都得面对的难题吧。

首先，我要告诉你，我很高兴你能和你父亲推心置腹。无论发生什么事情，马上去找你父亲吧，抱住他的脖子，两个人好好哭上一场。关于礼物的事，你的做法也是正确的。处理礼物之类事情，需要有比我那可怜的糊涂儿子更聪明的头脑。把礼物拿给你爸去分类吧，或者，假如你觉得不该让父亲过度操心，那就亲自用你可爱的手把它们寄给我好了。

现在我们来聊些知心话吧，亲爱的。永远要记住，假如一个女孩想赢得你的心，她必须配得上你。在镜子中看到自己那张聪明而纯真的脸时，你一定要拿定主意，除非某个女孩跟你一样纯真，聪明也不亚于你，否则你绝对不要娶她。那么你首先要弄清她有多纯真。可以平静而坦率地问她——记住，亲爱的，假惺惺地谦虚的时代已一去不复返——问问她是否蹲过监狱。假如她没蹲过（而且假如你也没蹲过），那你就知道是在和一个可信赖的可人儿交往，她能成为你的人生伴侣。另外，你还要弄清她的心智是否配得上你。如今有太多的男士误入歧途，光是看到女孩子表面那点儿优雅与魅力就花了眼，其实她们在心智上一无是处。很多男人结婚之后才发现他妻子连二次方程都不会解，发现他要与之日复一日耗在一起的女人，居然不知道 x 的平方加 $2xy$ 加 y 的平方等于或者（我想）差不多等于 x 与 y 之和的平方，这时候他才痛苦地醒悟过来。

简简单单的家庭美德也不能忽视。假如一个女孩想向你求婚，在允许她熨自己的结婚礼服之前，要问问她是否懂得怎么给你熨衣服。假如她懂，那就让她求婚；假如她不懂，叫她打住。不过我发现我已写了不少，完全够本专栏的字数了。亲爱的小伙子，你还会像先前那样再给我写信吗？

斯蒂芬·里柯克

当医生的诀窍

科学的进步当然是一件了不起的事。谁都会情不自禁地为此感到骄傲。我得承认我本人也是如此。无论何时跟人聊科学进步——就是说，跟任何对科学进步比我了解还要少的人聊——比如聊起电学的进步，我会感到那简直就是我亲自负责完成的。至于新型活字铸造机、飞机和家用洗尘器嘛，我还真不能确定地说它们不是我本人发明的。我相信，凡是心胸博大的人，对此都会深有同感。

不过，这不是我要谈论的要点。我想谈的是医学的进步。你要是感兴趣，其中真有些了不起的东西。任何人若是爱人类（或爱人类的任何一个性别），回顾起医学取得的成就，必定会感到他的心脏在欢快地跳荡，并且由于可允许的骄傲引起的心包刺激，他的右心房还会舒张扩大。

想一想看吧。一百年前没有杆菌，没有食物中毒，没有白喉，没有阑尾炎。那时候狂犬病也鲜为人知，并且只是露出点儿苗头而已。所有这些都是拜医药科学所赐。就连牛皮癣、腮腺炎、锥体虫病等如今家喻户晓的疾病，那时候也只是为少数人所知，与芸芸大众相隔甚远。

不妨从临床方面看看医疗科学的发展。一百年以前，人民满以为放血疗法能治愈发烧；而现在我们确切地知道那根本没用。甚至在七十年以前，人们还以为发烧可以用镇静药治好；现在我们知道办不到。就该病而言，即便近在三十年之前，医生们都以为吃低热量食品外加冰块冷敷可以治愈发烧；现在他们完全肯定那也是徒劳。这个例子说明，在治疗发烧方面医学已取得稳健进步。不过在整个医学战线，这样的可喜进步数不胜数。且以风湿病为例。几代人以前，患风湿病的人外出，往往得在口袋里随身带一些土豆，算是治疗风湿病的一种招数。而现在医生们允许他们带任何东西，完全是随心所欲。假如他们乐意，口袋里装满西瓜四处晃悠都无所谓。没有丝毫区别。或者再以癫痫病为例。从前人们都认为，遇到癫痫病突然发作，首先要做的是解开患者的衣领，让他好好呼吸；而现在恰恰相反，很多医生认为最好是扣紧患者的衣领，让他憋气到窒息。

在医学领域，只有一个方面确实还缺乏进步，那就是成为一个合格的执业医生所需的时间。在过去的岁月里，一个人只需冬季在大学里上两个学期的课，夏季在锯木厂搬运一下木头，然后就成了一个训练有素的医生。有些学生甚至出师更快。而现在不管在哪儿，要成为一个医生得耗费五年到八年。当然啰，你会乐于认定我们的年轻人正变得日益愚蠢和懒惰。对这一事实，凡是年过五十的人都会立即予以证实。但即便如此，一个人得花八年时间去学会从前他只需八个月就能学会的东西，这的确有点儿匪夷所思。

不过呢，这一点姑且抛开不论。我想阐述的要点是：现代医生的业务再简单不过了，花上两个星期就可以学会。以下便是其具体做法：

患者走进诊疗室。"大夫，"他说，"我痛得要命。""哪里痛？""这里。""站起来，"医生说，"把双手举过头顶。"然后医生走到患者背后，在他背上猛地一拳。"感到痛吗？"他说。"感到痛。"患者说。接着医生突然转身，给患者的心脏下方来了一记左勾拳。"这里有感觉吗？"他恶毒地说，这时患者已经倒在沙发上缩成一团。"起来。"医生说，并且开始从一数到十。患者站了起来。医生一声不吭地上下打量他，接着又突然在他肚子上狠狠一击，打得他弯下了身子，说不出话来。然后医生走到窗边，拿起晨报读了一会儿。随后他转过身来，嘴里开始咕哝，与其说是跟患者说话，不如说是在自言自语。"哼！"他说，"轻度中耳麻木。""是吗？"患者惊恐地说，"我该怎么办呢，大夫？""哎呀，"医生说，"我要你彻底保持安静；你必须上病床躺着并保持安静。"实际上，该医生丝毫不清楚那人到底得了什么病，当然如此；但医生确实知道，假如患者在病床安静地躺着，彻底保持安静，他要么会静悄悄地康复，要么就是静悄悄地死去。同时，假如医生每天早上去查房并给患者一顿拳打脚踢，他准能让患者服服帖帖的，说不定还能迫使他招出自己患什么病呢。

"饮食方面要注意什么，大夫？"患者说，已被吓得诚惶诚恐。

这一个问题的答案变化很大。答案取决于医生的心情以及医生本人是否久未进食。假如是接近中午了，而医生正饥肠辘辘，他会说："哦，多吃点儿，别害怕；吃吧，肉、蔬菜、淀粉、胶质、水泥、爱吃啥吃啥。"但假如医生刚吃过中饭，被越橘馅饼撑得呼吸有点儿"短路"①，他会坚决地说："不行，我要你什么也别吃；一点儿都别吃；忌口对你毫无害处；在饮食上稍作自我克制，是世界上最美好的事情。"

"那么喝什么好呢？"医生的答案同样会因情形而异。他或许会说："哦，行啊，你可以时不时地喝一杯淡啤酒，或者，你假如更喜欢加苏打水的杜松子酒，或加阿波里纳瑞斯矿泉水的威士忌酒，都可以喝；而我觉得，在睡觉之前，我情愿喝一杯烈性的苏格兰威士忌，里面加几块白方糖和一点儿柠檬皮，上面再放点儿磨好的豆蔻。"医生说这点时饱含真挚之情，双眼因纯粹的职业之爱而闪闪发亮。但与此相反，假如医生头天晚上与医学界同仁小聚了一番，他很可能禁止患者沾任何形态的酒，并且会声色俱厉地排斥这样的话题。

当然，这种疗法整个儿看上去可能很浅显，而且可能无法激发患者应有的信任。但如今信任的问题已经由检验室的工作解决。无论患者患有什么病，医生都会坚持从他身上切下一小块、一小片，或者抽出一些东西，然后神神秘秘地把它们拿去检验。他剪下患者的一缕头发，贴上标签："史密斯先生的头发，1910 年 10 月"。然后，他剪下患者的耳垂，用纸包好，标

---

① 短路，电学术语，此处喻指呼吸不畅。

上"史密斯先生的部分耳朵，1910 年 10 月"。他手拿剪刀，上下打量患者，发现他身上有可疑的东西，就会剪下来并把它包好。足够奇怪的是，正是这种做法让患者油然而生自豪之感，觉得为此花钱值得。"是啊，"那位打着绷带的患者，当天晚些时候对几个深受触动的朋友说，"医生觉得有可能出现预后轻度麻木，但他把我的耳朵送往纽约，把我的阑尾送到巴尔的摩，把我的一缕头发寄给所有医学杂志的编辑，同时我得一直静养着，每隔半个小时喝一杯加柠檬和豆蔻的烈性威士忌，此外决不放纵自己。"说着，他虚弱地倒在靠垫上，感到心满意足、无比幸福。

虽然如此，但这不可笑吗？

你和我以及我们其他的人——即使我们对这一切了如指掌——一旦有什么病痛，我们还是会立马叫出租车，火急火燎地赶往医院。是的，不过就本人而言，我更愿坐有急救警笛的救护车去。它更让人心安。

新型食品

　　我从报纸的时事专栏里读到这样一条新闻："芝加哥大学的普拉姆教授最近发明了一种高浓缩食品。人体所需的所有营养成分都被浓缩在一粒粒小丸里，每粒小丸的营养含量相当于一盎司普通食物的一至两百倍。通过加水稀释，这种小丸能形成人体必需的各种养分。普拉姆教授自信此发明能给目前的食品结构带来一场革命。"

　　就其优点而言，这种食品也许是再好不过的，但是它也有其不足之处。我们不难想象，在普拉姆教授所憧憬的未来岁月里，或许会有这样的事故发生：

　　喜洋洋的一家子围坐在热情好客的餐桌边。桌上的摆设可丰盛啦，每一个笑盈盈的孩子面前都摆着一个汤盘，容光焕发的母亲面前摆着一桶热水，桌子的首席则摆着这个幸福家庭的圣诞大餐——它被放在一张扑克牌上，还用一枚顶针毕恭毕敬地罩着哩。孩子们交头接耳地企盼着，一见父亲站起身来，他们马上鸦雀无声了。那位父亲揭开那个顶针，一颗小小的浓缩营养丸赫然亮了出来，就在他面前的扑克牌上。哇！圣诞火鸡、野樱桃酱、梅子布丁、肉末馅饼——应有尽有，全在那儿，全浓缩在那颗小小的丸子里，就等着加水膨胀啦！那位父亲的目光在丸子和天堂之间打了几个来回，接着他怀着发自内心的虔敬开始大声祝福。

就在这时候，那位母亲发出一声痛苦的尖叫。

"噢，亨利，快！宝宝把丸子抓走了。"千真万确。他们的宝贝儿子古斯塔夫·阿道尔夫斯，那个金发小家伙，从扑克牌上一把抓起了整个圣诞大餐饼把它塞进了嘴里。三百五十磅浓缩营养，从那个不知天高地厚的孩子的食管溜地滚了下去。

"快拍拍他的背！"那位慌了神的母亲叫道，"给他喝点儿水！"

这一想法可是要命的。那粒丸子一见水便开始膨胀了。先是一阵闷闷的咕噜声从小宝贝肚里传出来，紧接着是一声可怕的爆炸——古斯塔夫·阿道尔夫斯被炸成了碎片。

当家人们把孩子小小的尸体拼凑起来的时候，竟有一丝微笑在他那张开的双唇上流连不去，只有一口气吃下去十三份圣诞美餐的孩子，才会有这样的微笑。

病理学新论

　　服饰对人的心身两方面的健康都有一定影响，人们对此早已有所领会，尽管领会得未免有点儿模糊。有道是："三分长相，七分衣装。"此谚语可谓尽人皆知。之所以有此一说，归根究底，是因为人们有一种共识，即：衣着反过来会对其穿戴者施加强烈影响。日常生活中的很多事例都足以证明此言不假。一方面我们注意到，大凡步履雄健，精神抖擞之人，无非因一袭新衣得以意气风发而已；而另一方面，某人若是意识到自己屁股后面有一补丁或是发现自己的纽扣所剩无几，他准会自惭形秽之至，神情沮丧至极。然而，尽管日常所见已使我们对典型的衣着病及其不良影响有了一定的了解，迄今还没有人做任何努力使这方面的知识得以系统化。而敝人自以为在这方面有所造诣，能对我们的医疗科学做颇有价值的补充。由衣着失调这一致命弊病导致的种种恶疾，理应得到科学的分析，而其疗法亦应包含在医疗技艺的原理之中。五花八门的衣着病，可以粗略地分为内科和外科两大类；而根据使各患者遭罪的衣物不同，这两大类又可分为若干小类。

内　　科

　　在所有的衣物中，最容易致病的恐怕莫过于裤子了。因此，首先探讨裤子诸症，当为最得要领者。

一、Contractio pantalunae，[①] 即"裤管尺寸不足症"。此疾常见于发育期的青年，常给患者造成莫大的痛苦。其首要症状是，靴子和裤管之间出现空当（或曰"脱节"）。与之相随的症状是，患者有一种揪心的丢脸感和深恐遭人嘲笑的病态忧虑。此症用长靴治疗颇有成效。不过，此疗法虽受到普遍推崇，却有用药过猛之嫌。诚然，用上长及膝盖的靴子便可收药到病除之效。然而，患者唯有深夜才能除去靴子，不能不说乃美中不足。

与"裤管尺寸不足症"相关联的常见并发症有——

二、Inflatio Genu，即"裤膝肿大症"。此疾的症状与上述病症相似。患者对站立姿势有厌恶之感，而且当病情恶化，也就是说，当患者不得不站立时，其头部低垂无力，其表情痛苦呆笨，其目光则总是滞留在裤膝突出的肿大部位。

对于以上二病，我们力所能及的任何举措，只要能使患者摆脱对其疾病的病态认识，只要能减轻其心理负担，便可大大改善患者整个机体的状况从而加速其康复。

三、Oases，即"补丁症"。此症可爆发于裤上任何部位，其严重程度各不相同，有些无关宏旨，有些却实在要命。此症最令人痛苦者，莫过于"补丁与原裤颜色各异症"。身患此症者极其抑郁苦闷，心态几近反常。与乐观之人交往，或通过读

---

① 本篇病名为拉丁文，其意如后文所说，其他病名也如此。

书、种花养性怡情，或许可收迅速改观之效。不过上上之策，乃是彻底换装，如此定可药到病除。

四、侵袭外套的一般无重病可言，然而也不乏例外——

Phosphorescentia（即"磷光斑斑症"）便是如此。此症的确会对患者的整个机体造成损害，其例证经常可见。究其病因，不外乎两名：一是纤维面料因年深月久而逐渐老年；二是累遭毛刷之苦更使其每况愈下，此疾有一个特殊症状，那就是：患者深感浑身不自在，却说不出个所以然。此疾另有一毫无例外的症状：患者总是讨厌户外活动。患者会找出万千个借口，其目的不外乎避免外出。即使是到街上漫步一会儿，他都会避之唯恐不及。坚决地驳斥诸如此类的借口，乃是患者的医学顾问之天职。

五、关于背心，科学所确认的病症只有一种——

Porriggia，即"积粥症"。此疾乃反复溅粥于背心累积而成。主要因患者精神冷漠而起。一般而言无多大危害，反复用汽油热敷可有显著疗效。

六、Mortificatio Tilis，即"帽绿症"。此疾常与"磷光斑斑症"（见前文）并发，其症状与"磷光斑斑症"相同：患者厌恶户外活动。

七、Sterilitas，即"脱毛症"。此疾乃另一帽病，于冬天尤为流行。究其病因，到底是帽毛脱落还是帽毛停止生长，目前尚无定论。无论患何种帽疾，患者的心情无一不极其压抑，其脸部则深深地打着阴郁的印记。凡涉及帽子的病前史的问题，无一不使患者特别地神经过敏。

因篇幅有限，对某些小疾只好忍痛割爱，例如……

八、Odditus Soccorum，即"袜子左右不配症"。此疾本无伤大雅，然而一旦与"裤管尺寸不足症"并发，亦足以令人惊恐万分。突然意识到此疾发作之际，患者可能刚好阔论于演讲台上，或是侃谈于社交场合。因事出意外，即便想求助于医，亦不可得。

外　科

此类疾病目前只可能择其二、三典型而论之。

一、Explosio，即"纽扣失落症"。此症为需进行外科手术的最常见病。它起始于一系列轻微破裂——有可能是内在的，开始时不会引起任何警觉。然而不久患者便会隐约地感觉到不自在，进而会用细线捆扎寻求解脱——此习惯一旦形成，若患者沉溺其中，久而久之必定积重难返。作为权宜之计，用火漆也可治疗此疾。然而，欲求机体之长治久安，此法万万不可滥用。长年累月沉溺于细线捆扎或是滥用火漆，势必导致以下结果——

二、Fractura Suspendorum，即"背带断裂症"。此症会导致机体的总体崩溃。患此症者往往是突然遭到"纽扣失落症"的袭击，顿时感到无地自容、痛不欲生。身心强壮者或许还可望从休克中恢复元气。但那些沉溺于细线捆扎而被掏空了身子的人，必定从此一蹶不振。

三、Sectura Pantalunae，即"裤裂症"。此疾一般因坐在热蜂蜡上或挂在钩子上而起。发生在年幼之辈身上时，此症常伴有严重的"衬衫脓肿症"。不过，在成人身上此并发症较为少见。该病与其说是肉体上的，不如说对精神更为有害——患者的心灵深受强烈的羞辱感折磨，感到自己脸面丧尽。唯一可行的疗法是立即采取隔离措施，对感染部位施行手术缝合。

在结束本文之前，或许还可以再进一言：患病的症候刚一出现，患者便应毫不迟疑地立即就医于缝纫高手。因篇幅所限，本文自然不可能包罗万象，却可能有抛砖引玉之功。有待去做的事尚有很多，有心人在此领域将会大有可为。本简陋短文若有助于提起医业人士对此有待探索之领域的兴趣，则本作者心满意足矣。

答诗人

亲爱的先生：

在乡村报刊的专栏上，几年来常看到您一再提出的疑问和请求，请允许我对您的主要疑难作以下解答：

话题一：您经常问儿时的伙伴们都上哪儿去了，并迫切要求把他们带回您身边。从我所能了解的情况看，除了去坐牢的以外，您那些伙伴仍然待在您老家的村子里。您指出他们当年都习惯于跟您一道嬉闹取乐。果真如此，您现在当然有权去享有他们的乐趣。

话题二：您曾在某个场合说："别送我丝绸，也别送靓衣，黄金违我意，珠宝不稀奇。"可是，我亲爱的伙计，这也太离谱了。唉，这几样东西恰恰是我买给您的礼物呀。假如您一样都不接受，我别无选择，只好送您机织的棉布和成堆的木头了。

话题三：您还曾发问："我的心上人渡重洋，如今过得怎么样？"我猜她过得很普通，难说过得怎么样。远渡重洋不容易，她才不愿坐普通仓。

话题四："我为什么要出生？我为什么还要呼吸？"在这点上我俩所见相同。我真的觉得您不应该呼吸。

话题五：您要求我把那个灵魂死亡的人指出来并标上记

号。我实在是追悔莫及啊；那个人昨天在这里晃荡了一整天呢，要是早知道您的请求，我本来可以轻而易举给他做上记号，那样我们就可以再一次把他找出来了。

话题六：我注意到您经常咏叹"哦，但愿能拥有那故乡的晴空"。哦，那就拥有去吧，不惜代价地去拥有吧，假如您愿意。但是请您记住，为拥有很多的东西您已负债累累。

话题七：您不止一次希望有人能告诉您："懒散做梦，虚度光阴益何在？"就眼下而言，毫无益处——事实如此，先生，料想这能给您莫大的满足了吧。

统计学的威力

　　他们俩坐在车厢的座位上，正好坐在我对面。因此我能听清他们所说的每一句话。显然他们俩是初次相识，上车后才聊上的。两个人都摆出自命不凡的派头，满以为自己才高八斗，足以令众生倾倒。一眼便可以看出，两人都以成熟的思想者自居，在竭力自我表现。

　　其中一位膝盖上放着先前在看的一本书。

　　"我在看一本非常有意思的统计学书。"他对另一个思想者说。

　　"啊，统计学呀，"另一位说，"棒极了，先生，统计学；我本人也颇感兴趣。"

　　"我发现，比如说，"第一个男人继续说，"一滴水里充满了小小的……小小的……我忘了它们叫什么了……小小的——呃——粒子，每一立方英寸包含——呃——包含……让我想想……"

　　"比如说一百万个。"另一个思想者以鼓励的口吻说。

　　"是的，一百万个，不过，也可能是十亿个……无论如何，多了去了。"

　　"那可能吗？"另一个说，"不过确实也是，你知道这世界无奇不有。就说煤吧……就拿煤来说……"

"对，太棒了，"他的朋友说，"我们就说煤吧。"说着往座位后面一仰，一副饱学之士虚怀若谷的派头。

"知道吧？每一吨煤在机车里燃烧，能拉动整列的火车，长达……长达……我忘了确切的长度了，反正是好长好长的列车，并且载重……载重达到……反正是重得了不得，从……从哪里到哪里来着……嗨！一时间竟想不起运载的精确距离了。从……"

"从这里到月球吧。"另一位提醒道。

"啊，八成是如此；是啊，从这里到月球。太神奇了，不是吗？"

"但是所有计算中最了不起的，先生，还是计算从地球到太阳的距离。没错儿，先生，用一发炮弹——呃——朝太阳射过去……"

"朝太阳射过去。"另一位赞同地点头，仿佛他经常亲眼看到发射似的。

"运行要花费……花费……"

"每英里花费三分钱。"那个听者提示说。

"不，不是，你误会我的意思了，——运行速度快得要命，简直是要命，先生，要花费一亿个——不，一千亿个——长话短说吧，要花费长得闹心的时间才能到达那里——"

听到这里我再也受不了了。我打断了他们——"若是从费城发射的话……"我说道，然后就起身去了吸烟车厢。

为我剃须修脸的人

　　就本性与爱好而言，理发师颇具体育行家风范。他能准确地告诉你当天的球赛何时开始，能在确保剃刀不失手的同时预测球赛的输赢，还能一五一十说出所有球员的缺点，并把他们与他在别处亲眼见过的强手作比较，那种头头是道真是非专家莫属。他做这些可谓轻车熟路，然后他会操起一把肥皂刷，堵住顾客的嘴巴，把顾客丢在那儿，自己则走到理发店的另一头，与其他理发师之一就秋季让分比赛的结果打起赌。虽然不出店，却知天下事，杰弗里-琼斯锦标赛尚未开始，理发师们已提前知道结果。诸如此类的消息，正是他们的生计所在。而刮胡须修脸，不过是他们顺带完成的活计。他们真正的职业是传播消息。对理发师来说，外面世界的人全是其顾客，他们要做的便是：把顾客塞进理发椅，用皮带捆好，以手铐锁定，用肥皂堵住嘴巴，然后奉上一大堆不可不知的体坛新闻供其享用，这样既可以轻松打发营业时间，又不存在惹人非议之虞。

　　用诸如此类新闻把顾客恰到好处地灌满后，理发师会立即挥舞剃刀，三五两下就把顾客的胡须刮了个精光，这像是发出一个信号，表示该顾客已获得交谈的资格，这时理发师才会把他从椅子上释放出来。

公众对此情形心知肚明。每一个明智的生意人都愿意去理发店，为刮须修脸坐等上半个小时。其实他自己在家里三分钟就可以刮好的，但他还是要去理发店，因为他很明白，假如他径直去到市里，却丝毫不清楚芝加哥队何以连输掉两场，那他准会被人们视为孤陋寡闻的。

有时候，当然如此，理发师喜欢提一两个问题考考顾客。他把顾客绑定在理发椅上，让顾客的脑袋使劲后仰，用肥皂泡沫盖住顾客的脸，然后用膝盖顶住顾客的胸部，用一只手死死卡住顾客的嘴巴，使他根本说不出话了，还迫使他把肥皂泡沫咽下肚去。这时，理发师会说："喂，你对底特律和圣路易斯昨天那场比赛怎么看？"其实这话根本不是意在发问，它简直就是在说："嘿，你这可怜的傻瓜，我敢打赌，你对国家发生的大事一无所知。"这时顾客喉咙里发出一阵咯咯声，仿佛他试图回答似的，同时可见他的眼珠子歪向两边，理发师见状拿起肥皂刷，不由分说朝顾客眼里刷去。若顾客还在挣扎，他会把杜松子酒和薄荷油喷到顾客脸上，直到所有的生命迹象消失。然后他开始和相邻的理发师细聊起球赛，两人俯着身子聊着，身体下方各有一个用蒸汽腾腾的毛巾蒙住的顾客，这两具僵尸不久以前还是大活人呢。

要学会所有这些绝活儿，理发师们得接受高等教育。诚然，在世间生活过的理发大师之中，有一些人当初只是未受教育、目不识丁之辈，但凭着扎扎实实的干劲和不屈不挠的勤勉，他们硬是闯出了一条生路，成了行业中的翘楚。不过这些大师属于例外。在当今时代，要想成功就得大学毕业。鉴于哈佛大学和耶鲁大学的课程被认为过于肤浅，现在已经创立了多所正规的理发师学院，在这里聪颖的年轻人花上三个月时间，便可学到在哈佛大学需要花三年学的东西。这些学院开始的课程有以下几门：（1）生理学，包括头发及其灭失，胡须的起源与生长，肥皂与视力的关系；（2）化学，包括花露水及如何从沙丁鱼油提炼花露水的一系列讲座；（3）实用解剖学，包括头皮及揭皮术、耳朵及移耳术；此外，作为高年级学生的主修课，还包括脸部静脉以及利用明矾对脸部静脉随心所欲切开和缝合的技术。

如我前文所说，培训顾客是理发师的业务的主要部分。但必须记住的是，为顾客剃须修面的活计虽属附带而为，旨在使顾客尽显见多识广的风范，但该活计本身并非微不足道、轻而易举，需有长年累月的实践与得天独厚的天赋方能胜任。在众多大都市的理发店，剃须修脸的技艺已达到高度完美的境界。一个好的理发师，绝不满足于顾客一落座就立马径直为他刮掉胡须。他更乐意对顾客一展厨艺，来一番蒸煮。他把顾客的脑袋先浸泡在滚热的水里，然后用蒸汽腾腾的一条条毛巾捂住这个牺牲者的脸，直到把他蒸煮得粉红可人。理发师时不时地会揭开毛巾，查看那脸蛋是否煮到了令他满意的粉红程度。假如火候还不够，他会再换新的毛巾，并使劲用手把毛巾按住，直到烹饪工序完成为止。不过，最后出炉的结果证明如此折腾一番是值得的，顾客经过恰到好处的蒸煮之后，只需外加几片蔬菜，便可成为一道秀色可餐的佳肴了。

在剃须修面的过程中，理发师通常都会使用严厉拷问的招数，这是一种特别的心理折磨。其做法是恐吓顾客，说凭他多年的经验可预知顾客会须发尽脱，并说这是显而易见、迫在眉睫的。"您这头发呀，"他说道，语气非常沉痛并且富于同情，"都耷拉着呢。最好是让我拿香波给您洗洗，好吗？""不用。""那就让我给您的头发烫一烫，把毛囊封闭掉，好吗？""不用。""还是让我用封口蜡把你的头发茬全给塞住，这可是挽救您的头发的最后一招了，好吗？""不用。""那么让我拿个蛋给您做个头皮按摩吧？""不用。""让我拿柠檬喷射一下您的眉毛吧？""不用。"

理发师见遇上了固执己见的对手，就更加来劲了。他低低地弓着身子，对那个沮丧的顾客耳语道："您的白头发可是越来越多了；最好是我给您用点儿黑发素吧，只收您五毛钱，尊意如何？""不用。""您这张脸啊，"他再次耳语，用的是轻柔抚爱的腔调，"整个儿爬满皱纹了，最好是让我涂点儿这个回春霜给您护理一下吧。"

这种威逼利诱会持续下去，其结果不外乎两种。一种是顾客冥顽不化，最后摇摇晃晃站起来，一路摸索着走出理发店，心里面沉甸甸的，心想自己已是一个满脸皱纹、未老先衰的人，邪恶生活的一切都刻在脸上；而他那些未经护理的枯发茬子和萎缩的毛囊更是让他忧心忡忡，确信自己在二十四小时内会变成不折不扣的秃子。——或者是另一种情况，即顾客被迫就范，几乎所有情况都是如此。在这后一种情况下，他的那声"好的"一出口，理发师便会欣喜若狂地叫唤起来，蒸汽腾腾的水也会哗啦啦地作响，转瞬之间便有两个理发师抓住他的双脚，把他摁到水龙头下面，无论他如何挣扎，他们都会给他做起水磁疗法。从他们手里挣脱出来后，走出理发店的时候，他已像刚被涂了一层清漆一般鲜亮了。

然而，就算水磁疗法和回春霜护理被派上用场，也丝毫不表示新潮理发师的招数已经穷尽。他喜欢在顾客身上施行一系列附带服务，尽管它们与修脸毫不相干，却在修面过程中被大办特办。

在一个新潮的高档理发店，当某个理发师为顾客剃须修面时，同时有其他人在各显神通，为他擦靴子，为他刷衣服，为他补袜子，为他修指甲，为他上牙釉，为他擦眼睛，但凡觉得有碍观瞻之处，他们都悉数予以修整。整个修面作业中，往往有七八个人把顾客团团围住，他们你争我夺，拼命要在顾客身上大显神通。

以上所述种种，是就城里的理发店而言的，乡村理发店大异其趣。在乡村理发店，只有一个理发师，一次只有一个顾客。其理发情景有如一场直来直去、混乱不堪的自由式摔跤般的角斗，坐在一旁看好戏的观众也寥寥可数。在城里，他们完成修面无需脱去顾客的任何衣物。而在乡村可不同，顾客坚持其花钱物有所值，理发师会摘掉其硬领和领带、外衣和背心，直至顾客被剥得上身精光，正好可以好好接受理发和修面服务。然后，理发师会从屋子那一头直奔向他，大剪子从脊椎尽头处插入头发，随着咔嚓咔嚓一阵猛剪，后脑勺上厚厚的长发已被一剪而光，瞧那种利索，与割草机割除长长的野草有异曲同工之妙。

理出个头绪来

你是否遇到过这么一个人呢？他无论读什么书，无论读到哪里，都会死缠烂打地要把书的内容告诉你。这种事可真是玩味无穷啊。前几天晚上，辛克莱就跟我玩了这一套，就是租住我的房子的那个人。我刚刚散完步从外面回家，又冷又困，一进门就见他兴高采烈的，一只手拿着本厚厚的杂志，另一只手握着把裁纸刀①。

"喂，这儿有个故事好棒啊，"我一进门他就嚷开了，"太棒了！是我读到的最让人着迷的故事。别急，我读几段给你听吧。我先把故事说给你听听，一直说到我刚才打住的地方——你很容易就可以理出个头绪来，然后我们一起把它读完。"

我对此并没有多大兴致，但我发现要阻止他也难，就只好说："那好吧，把乱线团扔过来，我来理一理吧。"

"好嘞，"辛克莱神采飞扬地开始叙述，"话说这位公爵收到了这封信……"

"停一下，"我打断他的话，说道，"什么公爵收到了什么信？"

"哦，书上就是说的这个公爵，知道吧。他从这个珀斐里奥那里收到这封信。"

---

① 旧时有些书刊在装订后是不切边的，读者阅读时要自己用刀把书页割开，这样的书往往割得不齐整，成为所谓的毛边书。本文中的杂志正是属于这种类型。

"从哪个珀斐里奥呀?"

"嗨,珀斐里奥送来了这封信,你不明白呀,信是他送来的,"辛克莱叫道,流露出一丁点儿不耐烦,"派德摩尼奥送了信来,并告诉他和他一起守候他,一旦遇到他就干掉他。"

"喂,打住,打住,"我打断了他,"究竟是谁要遇见谁呢,是哪一个要被刺杀呢?"

"他们要刺杀德摩尼奥。"

"那么信是谁送来的?"

"德摩尼奥呀。"

"哇,原来如此,德摩尼奥准是个嘴紧得要命的人!他为什么要送这信呢?"

"哦,他压根儿不知道信里写的是什么,这正是小说的妙笔所在,"想到自己如此独具慧眼,辛克莱开始得意地窃笑起来,"你知道吧,这个卡洛·卡罗蒂,这个雇佣兵队长……"

"停停,"我说,"雇佣兵队长,他是干什么的?"

"就是一个土匪式的家伙。他,你听我说,是跟这个弗拉·弗拉里科罗勾结在一起的……"

一丝疑虑闪过我的脑际。"停住,"我坚定地说,"假如故事的背景是英格兰高地,我拒绝再往下听。到此为止吧。"

"不,不是,"辛克莱赶紧回答说,"没问题啊。故事发生在意大利……教皇庇护某世 ① 时代的事。队长登场了——是呀,

---

① 庇护,原文为 Pius,是对多位梵蒂冈教皇的称呼,通译为"庇护",而不是"皮乌斯"。历史上著名的教皇有庇护三世、庇护六世、庇护七世、庇护九世、庇护十世、庇护十二世等。

他真是了不得！诡计多端啊。正是他，你知道吧，说服了这个弗兰西斯坎……"

"停，"我说，"哪个弗兰西斯坎？"

"弗拉·弗拉里科罗呀，当然是他，"辛克莱暴躁地说，"听好啰，庇奥千方百计要……"

"嘿嘿！"我说，"庇奥又是谁？"

"哦，见鬼，庇奥是意大利语，是对庇护教皇的简称。他千方百计唆使弗拉·弗拉里科罗和雇佣兵队长卡洛·卡罗蒂去偷那份文件，从谁那里偷来着？……谁来着，让我想想；叫什么来着？……哦，对了……从威尼斯猎狗那里偷文件，于是……或者……不对，见鬼啦，你把我弄糊涂了，全搞错了。都说反了。庇奥一点儿也不灵光；他是个彻头彻尾的该死的笨蛋。诡计多端的是威尼斯猎狗。天哪，他了不得啊，"辛克莱继续说，恢复了神叨叨的热情，"他是个我行我素的人。他使唤这个德摩尼奥（德摩尼奥属于那种为钱奔命的人，知道吧，他是猎狗的工具）……让他从珀斐里奥那里偷那份文件，而且……"

"可他是怎么让他去偷文件的呢？"我问道。

"哦，猎狗已经把德摩尼奥牢牢地捏在手里，因此他驱使德摩尼奥去搞阴谋诡计，不套住老庇奥不罢休——呃——把他捏在他的手里，然后，当然啰，庇奥也以为珀斐里奥到手了——我是说他以为他逮住了珀斐里奥——呃——把他捏在了他手里。"

"等一会儿，辛克莱，"我说，"你刚才说的是谁被猎狗捏在手里呢？"

"德摩尼奥。"

"谢谢。我把谁攥住谁搞混了。往下说吧。"

"好的，当故事到这个地步……"

"哪个地步呀？"

"我刚才说到的地步。"

"明白了。"

"敢于站出来挫败整个阴谋的，唯有这个戴假面具的塔拉拉小姐……"

"我的天哪！"我说，"你真让我头痛了。见鬼的，她干吗非要戴假面具呢？"

"嗨，要戳穿它呀。"

"戳穿什么？"

"戳穿那整个该死的阴谋呀。"辛克莱放声叫道。

"难道不戴假面具就不能戳穿吗？"

"我觉得不行！知道吧，不戴假面具，猎狗一眼就能识破她。唯有戴上假面具，头发上再别一朵玫瑰，猎狗才会误以为她是艾斯特罗拉的露西娅。"

"是吧，这么说他自己愚弄自己，对吧？最后这个姑娘是谁呢？"

"露西娅吗？哦，她太棒了！"辛克莱说，"她是南国佳丽中的佼佼者，知道吧，浑身充满——充满了……"

"充满味道。"我提示说。

"哦，见鬼的，别这么玩世不恭！反正，告诉你啊，她是卡兰塔拉塔伯爵夫人的亲妹子，正是由于这个弗拉·弗拉里科罗才……哦，慢着，不是那么回事，不是，不是，她不是什么亲妹子。她只是表妹，准是那么回事；要不，反正啊，她自以为她是弗拉·弗拉里科罗本人的表妹，而这正是庇奥想方设法企图刺杀弗拉·弗拉里科罗的原因。"

"哦，是的，"我表示赞同，"他自然会那样。"

"啊，"辛克莱满怀希望地说道，一边准备用裁纸刀裁下面的页码，"你开始理清头绪了，对吧？"

"哦，没错！"我说，"故事里的人物有猎狗和庇奥，有雇佣兵队长卡洛·卡罗蒂，还有我们说到的其他那些人。"

"对的，"辛克莱说，"当然，还有其他几个人物我可以跟你说说，假如……"

"哦，别费心了，"我说，"我能了解那几个人物就够了，他们可是非常有代表性的角色啊。此外呢，珀斐里奥被庇奥捏在手里，庇奥被德摩尼奥捏在手里，猎狗诡计多端，而露西娅自始至终充满某种东西。哦，我总算对小说有了个清楚的概念。"我苦涩地下了结论。

"哦，你理清头绪了，"辛克莱说，"我知道你会喜欢的。现在我们继续吧。我马上就读完手头这一页了，接下来我会大声读给你听。"

他的双眼快速掠过页码底部的那几行，然后他裁开后面的几页并翻开了页码。我看见他的目光在下一个页码的几行字上僵住了，一脸惊愕不堪的狼狈表情。

"唉，我真是该死！"最后他总算开口了。

"怎么回事呢？"我不动声色地问道，其实内心里乐得要命。

"这可恶的玩意儿竟然是连载，"他气不打一处来，一边对"待续"二字指指点点，一边说，"本期内容到此为止。"

指出他的毛病来

"噢，赛普林先生，来，"夏日宾馆那个美丽的女郎说，"您得让我看看您的手相！我能把您所有的毛病全指出来。"

赛普林先生含混不清地格格一笑，脸上掠过一阵赧然的绯红。尽管他感到难为情，但他还是把手掌伸了过去，让那个迷人的小女巫抓在了手里。

"噢，您简直是一身的毛病，一身都是，赛普林先生！"她叫道。

赛普林先生那样子有点儿像。

"我首先要指出的是，"她慢条斯理、字斟句酌地说，"您玩世不恭、愤世嫉俗到了可怕的地步，您压根儿对什么都不相信，另外对我们这种穷女子，您是没有一丝诚意的。"

赛普林先生脸上那一丝先前使他显得憨态十足的微笑，这会儿被她刻意地看成了玩世不恭的表现。

"其次是，您刚愎自用，太刚愎自用了。您一旦想去做什么事，就会一意孤行到底，把一切障碍踩在脚下。"

赛普林先生驯顺地低下头看着他的网球鞋，他感到比先前沉静些了，兴致也更高了。也许他真有这些毛病而自己却不知不觉哩。

"再其次是，您冷酷寡情，而且爱挖苦人。"

赛普林先生有意装出冷漠寡情、爱挖苦人的样子，通过恶狠狠地横小女巫一眼，达到了目的。"还有，您完全看破了红尘，除了无聊厌世，您不再关心任何事情。您如今已是大彻大悟之人，天下万事万物全是您嘲笑的对象。"

赛普林先生从心底里感到，从今往后他只有嘲笑、嘲笑再嘲笑下去了。

"您唯一还有救的地方是，您为人还算慷慨。可就连这一点儿品德您都企图扼杀掉，只是您没有办到罢了。没错，"那个美丽的女郎下结论说，"这些便是您的毛病，冷酷寡情，玩世不恭，为人刻薄，尽管您还算得上慷慨。"

那个美丽的女郎一边拒绝对她的所有邀请，一边离开宾馆的游廊，飘然而去了。

那天傍晚晚些时候，那个美丽女郎的弟弟借走了赛普林先生的网球拍，另外还借用他的自行车两个星期。她的爸爸从赛普林先生那儿弄到一张签好的支票，金额有两百元，她的叔叔泽法斯则借了赛普林先生卧室的蜡烛，还用他的剃刀切好了一片板烟。赛普林为能结识这一家子而感到无比欣慰。

冬令消遣

时值隆冬时节，严寒使人乐于待在家里自得其乐，而真正的快乐人家习惯于与人同乐，会邀请三五好友共度良夜。

正是在这类家庭聚会上，各种开心的玩法，即室内冬令消遣，进行得热火朝天。在这类家庭聚会上，打打古老的犹卡牌，或凝神看他人玩多米诺骨牌，都是赏心悦目的事情；罗托赌数字游戏的筹码叮当作响，让人怦然心动、跃跃欲试；陈年的老谜语如枯木逢春，再一次焕发活力；而引人入胜的抽杆游戏则让宾客们感到心旷神怡、倦意全消。接下来，快乐的独身姨妈会向大伙儿提问：一头大象和一顶丝帽之间有何区别？或者她会宣布，她第一个说的是元音，第二个说的是介词，第三个说的是群岛。然后，为了给良夜加冠增彩，也为了让没有早早逃离聚会的来宾领略欢会的收官妙笔，一项目标明确的后续活动便是在酒吧打烊之前进军酒吧，于是室内消遣或居家欢乐得以从漫长的沉睡中被猛然唤醒。欢趣就展示在酒吧的桌子上。行欢作乐的指令公布了。纸牌呀，筹码呀，指示仪呀，计分器呀，在桌面边被瓜分干净。来客则强作欢颜，个个摆出一脸毫不在乎的表情，然后由快乐的独身姨妈大声宣读"简要游戏规则"，指示每一个玩家轮流说出一个数字，向拿着与下一个数字对应的金色字母的玩家挑战，即令其说出一个已故作家的名字来匹配，说不出的玩家不仅要认输，而且要把金表或所有的钱交给快乐姨妈作为罚金，要不然就在他的后颈子上放一个滚烫的盘子。

为了给参加这类消遣的宾客带去些许乐趣，我也竭尽所能创设了一两项新颖的冬令消遣。这些游戏无需过于破费，也不需具备高等数学背景知识或古代史素养，即使心智最贫乏之人也能玩赏。以下是其中之一，那便是室内足球，或称无球足球。

玩家人数可以不限，从十五人到三十人不等，他们拥成一堆压在任意一个玩家身上，通常是压住做裁判者身边那一位。然后他们发出挑战，令被压者站立起来，同时一个玩家手持秒表站在一旁，连续数四十秒。四十秒数毕，若被压的玩家没有站起来，持秒表的玩家就宣布他已窒息而亡。这被称为"灭了"，要输一分。然后"灭了"的玩家被罚靠墙斜站；他被视为已魂断气绝。裁判员接着会吹一声口哨，玩家们另选一位玩家，大家群起而压之，直至其被灭而输分。在一个玩家被视为灭了的时候，其他玩家须像先前那样继续压在他身上，直到裁判再数四十秒并吹口哨宣布依他之见该玩家已经完蛋，他们才会起身释放他出来。他接下来被罚靠墙斜站在第一个灭了的玩家旁边。在裁判再次吹口哨时，最靠近他的玩家会在他的右耳后面打一下。这个叫作"碰"，可以得两分。

当然，要详述游戏的所有细则是不可能的。不过我还是要补述几句：打中裁判可得"两分"，踢中他可得"三分"。打断他的手臂或腿可得"四分",而当场杀了他叫作"大满贯",可赢得一局。

这里还有我创设的另一项小游戏,它比各种室内游戏更胜一筹:它既有室内有效的强烈快感,又具户外运动的无限魅力。

这项游戏不仅简明易学,玩家人数不限,老少皆宜。它无需其他设备,有一列普通有轨电车、一段一两公里的轨道和一个几千伏的电源足矣。这个游戏叫作:

郊区有轨电车———一种老少咸宜的节日游戏

这个游戏的主角由两个坐在电车两头的玩家扮演,他们穿着与众不同的服装以显示至尊地位。其他玩家要么占据电车的车厢,要么分间歇在轨道两旁就位。

每个玩家的目标是神不知鬼不觉地溜进车厢,务必要躲过穿特色服装的那两个玩家的注意。凡未躲过注意者均需受罚。处罚有两种形式:一是缴纳五分钱,二是被揪住脖子扔出车外。每个玩家都可以选择接受何种处罚。任何玩家逃过处罚,都可以得一分。

车里的玩家们可以选择站立,也可以选择坐姿,但任何玩家不得坐到另一个玩家膝盖上,除非得到后者的同意。凡选择站立的玩家,其目标是踩坐着的玩家的脚趾,踩着即可得分。凡选择坐姿的玩家,其规定动作为躲避站着的玩家,没被踩到也可得分。如此游戏，可谓妙趣无限。

电车前头那个穿特色服装的玩家操纵着一个曲柄，他通过它能够突然刹车，也能让车子猛地前冲。他这样做旨在让所有站立的玩家摔个四脚朝天。每奏效一次，他都能得分。为达到这一目的，他通常会和另一个穿特色服装的玩家串通一气，后者会以一系列铃声和信号通风报信，告诉他何时玩家们放松了戒备，可以出其不意将其掀翻在地。这种猝不及防的重重一摔，会引发无休止的一连串善意的玩笑与嘲讽，算是满车玩家对那两位至尊的始作俑者的回敬。

假若某个玩家摔而不倒，坐到了某个女性玩家的膝上，他可以得到一分。任何一个以这种方式得分的玩家，都有权坐在那膝盖上连数六秒，数完之后他必须起身，不然就得接受第二种处罚。

操纵曲柄的那个玩家若发现街道上的某个玩家想进车里参与游戏，他可选择的动作有：第一，直接从他身上碾过去并碾死他；第二，竭尽所能用其他方法干掉他；第三，让他进入车内，但以通常的处罚好生伺候。

假如某个玩家企图从外面登车却失算，被卷入了机器之中，那个操纵曲柄的玩家会怒气冲冲地吼叫一声，这表明车子从他身上碾过去了。车里的所有玩家因此都可以得一分。

足以为这一游戏的滑稽趣味锦上添花的是，每一个玩家都装作他有一个他想在那里下车的目的地或停靠站。于是那两个至尊玩家的目标便是中途不停车，让他坐过头去。一个被这样拉过头的而无法在其想象的停靠站下车的玩家，得装出一副怒火中烧的样子，并做出各种气急败坏的手势。此外，他还可以装出一副老态龙钟或步履维艰不堪其苦的模样，这会让游戏中的其他玩家乐不可支，笑到抽筋。

这些便是这个极富乐趣的游戏的概要。当然，富于幽默感和想象力的高人们还可以随时补充其他令人开心的细节。

五十六号

我所要讲的故事，是我的朋友阿银在一个冬天的傍晚在他洗衣店后面的小房间里告诉我的。阿银是一个矮个子的天朝人①，他表情严肃，忧心忡忡，那种忧郁多虑的气质和他的很多同胞一样。我和阿银的友谊已有好几年历史。在他店子后面那间灯光昏暗的小房间里，我们一起共度过很多漫长的夜晚，不是一起云里雾里地抽烟斗，就是一道沉浸在默默的冥想之中。我被我的这位朋友所吸引，主要是由于他的心灵具有一种极富想象力的气质——我相信这是东方性格的一个特点，它使他得以沉浸在他自己创造的想象世界里，把他那一行当的各种扰人的烦恼忘记殆尽。在本文开篇所说的那个傍晚到来之前，我对他的心智所具备的敏锐的分析能力全然一无所知。

我们所待的那个房间又小又暗，里面没几件家具，只有我们坐的椅子和一张用来摆弄烟斗的小桌子，桌上只点着一支牛脂蜡烛。墙上贴着一些画，多半是从报纸上剪下来的印制粗劣的图片，是用来遮掩四壁的寒碜的。只有一张画片谁看了都会被吸引。那是一幅精心绘制的钢笔肖像画。画的是一个年轻男子，他脸长得很英俊，但神情十分忧郁。尽管我说不出个所以

---

① 天朝人，指中国人。

然，但我早已感觉出阿银经历过很伤心的事，而且它与那张画像似乎还有某种关联。不过，我总是不忍心问他，直到那个晚上我才了解它的来龙去脉。

我们俩一声不吭地抽了好一阵子烟，然后阿银才开口说话。我的这位朋友是一个阅读面颇广的有教养的人。因此他的英语在遣词造句方面是无可挑剔的，当然他说起话来带有他家乡那种拖拉而柔和的口音，对此我就不准备照搬了。

"我知道，"他说，"你一直在注意我不幸的朋友五十六号的那幅画像。我从没对你说起过我的悲痛之情，但今夜是他去世的周年纪念，我很想对你谈谈他的事。"

阿银停顿了一下，我重新点燃我的烟斗，向他点点头，表明我在洗耳恭听。

"我不知道五十六号到底是在什么时候进入我的生活的，"他继续说，"查查业务记录簿就可以知道确切时间，但我从不为此去费心。自然，在开头的时候，我对他并不比对其他的顾客更感兴趣——也许还不及对其他顾客哩，因为在我们的交往过程中他从不自己送衣物来，总是叫一个小男孩代劳。过了不久，我注意到他成了我的固定顾客，于是我就给了他一个编号：五十六号，而且开始琢磨他到底是谁，是干什么的。后来，对这位从未谋面的顾客我得出几个结论。他的亚麻布衣服的质量向我表明，即使他不是很富有，他的家境怎么说也是相当不错的。我能看出他是一个过着有规律的基督徒生活的年轻人，定期参加有关社交活动。我之所以这样推断，是因为他送来的衣物的数量是固定的，总是在星期六晚上送来，而且他几乎每个星期都要换一次与礼服配套的衬衫。他是一个谦逊和气的小伙子，因为他的衣领只有两英寸高。

我眼睁睁地看着阿银，不免有些吃惊。虽说我最喜欢的一个作家最近出版的书早已使我熟悉了这类分析和推理，但我怎么也想不到我的东方朋友竟然也如此精于此道。

"我最初关注他时他还在大学读书，"阿银继续说，"当然，有那么一段时间我并不明白这一点。不过，随着时间的推移，我推断出了这一点，依据是夏天的四个月里他不在镇上，大学考试期间他送来的衬衣的袖口上写满了日期、公式和几何定理。我以极大的兴趣关注了他的整个大学生活。在他读大学的四年时间里，我每个星期都替他洗衣服，这种同他的有规律的联系以及我的观察赋予我的对他可爱性格的洞察，逐渐使我对他的感情由最初的敬意变成了发自内心的喜爱，我迫切地巴望着他能取得成功。每一次考试来临之前，我都给他提供力所能及的帮助，把他的衬衫的衣袖一直浆到肘部，以便他有尽可能多的地方写注解。在他参加毕业考试的紧张阶段，我可真是急死了，对这点我不想多说了。当时五十六号经历着他的大学生活中最严峻的考验，我可以从他的几条手绢的状况推测出这一点——在最后一堂考试中，他竟然把手绢当成擦笔布了，显然是不知不觉的。他参加考试的表现证明，在四年大学生活中他的品行在日益改善：早先参加考试时，他写在袖口上的注解之类又多又长，而现在仅有少量的提示了，而且仅限于常人的记忆力没法胜任的那些复杂难题。六月初的一个星期六，我异常兴奋地在他送来的衣服中发现，他那件配礼服的衬衫皱皱巴巴的，胸前还沾了点儿从杯中溅出的酒渍。于是，我意识到五十六号取得了文学学士学位，并参加了毕业宴会。

"在接下来的那个冬天，我在他毕业考试时注意到的那种用手绢擦笔的做法，竟成了他的一个老毛病，我知道他已经在攻读法律。那一年他非常用功，在他每星期送来的衣服中几乎已见不到配礼服的衬衫。正是在接下来的那个冬天，也就是他攻读法律的第二年，他的人生悲剧开始了。我注意到他送来洗的衣服中出现了某种变化，配礼服的衬衫由原先的每周一件或至多两件上升到了每周四件，另外丝绸手绢开始取代亚麻布了。这使我恍然大悟，看来五十六号正在抛开艰难的学生生涯，正在走向社会。不久我又感觉出了更多的东西：五十六号堕入情网了。这一点很快就变得毋庸置疑了。他每周要换七件衬衫；亚麻手绢从他的衣物中消失了；他衣领的高度由两英寸升高到了二又四分之一英寸，而最后升到了两英寸半。我手头有他那段时间所洗衣物的清单，只需瞄上一眼便可以看出他当时对自己的仪表是多么讲究。在那些日子里，我时而为他欢欣鼓舞，时而又为他沮丧失望，对那一切我至今仍记忆犹新。每个星期六打开他的衣物包，我都双手发抖，我迫切希望看到他的爱得到回报的最初迹象。我千方百计地帮助我的这位朋友。他的衬衫和衣领都凝聚了我的心血，尽管在上浆时我的手常常激动得发抖。我知道她是一个高贵而勇敢的姑娘，她的影响使五十六号的整个品性得到了改善。在此之前，五十六号拥有一些活袖口和衬衫假胸领，现在他把它们全扔掉了——一想到那是弄虚作假他就感到恶心，因此他先是扔掉了假胸领，过了不久，他觉得还是不对劲，于是就连活袖口也抛弃了。每次回想起他那些欢快幸福的求爱时光，我都禁不住要为他叹息。

"五十六号的幸福好像进入并且占据了我的整个生活。我只是为每个星期六的来临而活着。假胸领的出现会把我打入绝望的深渊，而它们的消失却又把我推上希望的顶峰。直到冬天逝去，温暖的春天来临，五十六号才鼓起勇气去把握自己的命运。一个星期六他送来一件新的白西服背心，要我为他洗浆熨好备用，向来朴素的他以前是从不穿这种衣服的。我为它使出了自己的浑身解数，因为从这件背心我看出了他的意图。接下来的那个星期六，这件背心又被送了回来，我热泪盈眶地注意到了一只温柔的小手柔情地搭在右肩上留下的痕迹，由此我得知五十六号已被他的心上人接受了。"

阿银停了下来，一声不吭地坐了一会儿。他的烟已经抽完，烟斗冷冷地躺在他手里。他愣愣地盯着墙壁，昏暗的烛光晃动着，光与影在那儿变幻不定。最后他又开了腔：

"我不准备多谈接下来的那些幸福日子。在那段日子里他真是够讲究的，系着花哨的夏日领带，穿着洁白的西服背心，一天一换的衬衫洁白无瑕，衣领也是高而又高的。我们的幸福看来是那么完满，我对命运别无所求了。唉！只可惜好日子注定不能持续！明媚的夏天过去，秋天来临的时候，我痛苦地注意到一次偶然的争吵——衬衫由七件变成了四件，原先被抛弃的活袖口和假胸领又重新出现了。然后他们俩又和解了——白西服背心的肩膀上留有后悔的泪痕，送洗的衬衫又变成了七件。但争吵越来越频繁，有时甚至出现狂风暴雨似的争斗局面，有背心上被扯烂的纽扣为证。衬衫慢慢减到了三件，后来又减到两件，而且我那抑郁不乐的朋友的衣领也降低到了一又四分之三英寸。我徒劳无功地仍旧在五十六号的衣物上呕心沥血。我饱受折磨的心仿佛觉得，只要他的衬衫和衣领平整光洁，即便是铁石心肠也会被感化。唉！看来我是白费力气了，他们的和解遥遥无期。可怕的一个月过去，假胸领和活袖口又回来了。我那位不幸的朋友好像以他们的背弃为荣似的。最后，在一个阴沉沉的傍晚，我打开他送洗的衣包，发现他买了一些化纤衣服，我的心告诉我她已经永远地弃他而去了。关于我可怜的朋友这段时间的痛苦，我没法告诉你什么，只需说明一点就够了：他的衬衫由化纤变成了蓝色法兰绒，然后又由蓝色变成了灰色。最后，我在他送洗的衣物里发现一条红色的棉手绢，这立即使我警觉起来，我感到落空的爱已把他逼到永无宁日的境地，我担心会发生最糟糕的事情。接下来令人痛苦的三个星期，他什么衣物也没有送来，后来我终于收到了他的最后一包衣服——好大好大的一包，好像包括了他的所有家当。在这包衣服里，我惊恐地发现有一件衬衫的胸口有一块深红的血污，另外还有一个破洞，这表明一颗子弹轰然打进了他的心脏。

"两个星期以前，我记得街上的男孩们在大呼小叫地说一件可怕的自杀事件，我现在知道那一定说的是他。在我最初的震惊和痛苦过去之后，为了纪念他，我便画了那幅贴在你旁边的肖像。在绘画方面我还有那么一点儿造诣，我相信我抓住了他脸部的神情。这幅肖像当然是凭想象画出来的，因为你知道，我从来就没见过五十六号。"

外面店铺的门铃叮当响了一声，一个顾客进来了。阿银带着他惯有的温和、顺良的神情起身出去了。他在前面的店铺里待了一些时间，当他回来的时候，他好像再也没有兴致谈他那位失去的朋友了。我过了不久便离开了他，悲哀地朝我自己的住处走去。一路上，我对这个小个子东方朋友以及他那富于同情心的想象力想了很多。我的心沉甸甸的，好像压着什么重负似的——有件事情我本想向他挑明，可我真不忍心开口。我打心底里不愿毁掉他的想象的空中楼阁，因为我这个人离群索居、孤孤单单的，还从没有领略我这个好幻想的朋友所怀有的那种爱哩。不过我记得很清楚，大约一年以前我送了一包很大的衣服来阿银这儿洗。当时我离开镇子三个星期，结果积下的脏衣服比通常多了很多。假如我没记错的话，那包衣服里还有一件弄破的衣服不幸被染了一块红斑，那是由我衣箱里被弄破的红墨水瓶造成的，而且在我包扎脏衣服的时候，这件衬衫恰好又被从我的雪茄上落下来的烟灰烫了一个洞。所有这一切，我不敢说我记得绝对丝毫不差，但我至少敢肯定，一直到一年前我改到另一家比较现代的洗衣公司洗衣的时候，我在阿银店里的洗衣牌号码一直是五十六号。

贵族教育

上议院，1920年1月25日。——上议院今天召开委员会会议，审议《教育法案》第5200条，事关学校几何学教学的问题，非同小可。

在宣读这一条款时，政府首脑恳请上议院诸位大人求同存异、互谅互让。

他说法案已提交给各位大人达六年之久；政府班子已做了各种让步，已接受反对派议员针对法案原始条款提出的所有修正案。他们还同意在法案中插入一个详细的教学内容明细表，目前要审议的条款便是其中一项，它阐释的是欧几里得第五定理。因而他请求上议院诸公同意对法案第5200条作如下表述：

> 等腰三角形的两个底角相等，如其两个等腰被延长，则两个外角也相等。①

他还迫不及待地补充说，政府没有延长两个等腰的意图。偶发事件或许会使延长成为必要，但在此情形下上议院诸公会

---

① 这本是一个几何学定理，是不以宗教信仰、政治立场等为转移的。然而在本篇中，各位议员大人却对此定理提出了很多"修正案"，给它附加了宗教、种族、政治之类的条件。作者的嘲讽之意不言而喻。

得到及时通知。

坎特伯雷大主教反对这一条款。他认为从现有形式来看，此条款过于世俗。他情愿修正此条款，将其表述为：

　　等腰三角形的两个底角，在每个基督教社区都相等，如两个等腰被基督教教友会成员延长①，则两个外角也相等。

他继续说，他意识到等腰三角形的两个底角完全相等；但他必须提醒政府，教会意识到这一点已有多年。他乐意承认平行四边形中相对的两条长边相等，相对的两条短边也相等，但他认为承认这一点，意味着必须同时明确认可上帝的存在。

政府首脑乐呵呵地接受了大主教的修正案。他将其视为大主教阁下那一周提交的最漂亮的修正案。他说，政府已注意到大主教阁下与平行四边形的底边的亲善关系，并且做好了尊重它的准备。

哈力法克斯勋爵站起来发表进一步的修正案。他认为在本案中，条款只有五分之四的内容可以适用；他希望这样表述：两个底角每周只有两天相等，不过那些有五分之四的家长凭良心反对使用等腰三角形的学校不在此列。

政府首脑认为这一修正案特别令人开心。他接受它并希望

① 延长，英文原文是 produce，这个词有"延长"之义（文中有关等腰三角形的定理中用的便是这个意义），但该词更常见的意思是"制造、生产"。

大家明白"等腰三角形"这几个字眼不具备任何冒犯的意味。

罗斯伯里勋爵的发言有点儿冗长。他认为原条款对苏格兰不公平，因为那里崇高的道德水准已使教育变成多余。除非在这一意义上提出的修正案得到通过，否则就有必要重新审议1707 年《联合法案》。

政府首脑说罗斯伯里勋爵的修正案是他所听到的最佳修正案。政府班子立刻接受了它。他们愿意做各种让步。假如有必要，他们还会重新审议诺曼底人对苏格兰的军事征服。

德文郡的公爵所反对的乃是原条款中有关等腰制造 ① 的内容。他认为国家还没有为此做好准备。它对制造者是不公平的。他希望条款能得到修正，表述为"如等腰在国内市场制造 ②……"。

政府首脑乐呵呵地接受了公爵阁下的修正案。他认为该修正案非常明智。由于休会时间临近，他打算现在就宣读修订版的条款。不过，他希望各位大人抽时间琢磨出更进一步的其他修正案供晚上开会研讨。条款将在那时候宣读。

坎特伯雷大主教于是极为谦卑地提出动议，提议上议院诸公休会就餐。

---

①② 制造，英文原文是 produce。此处德文郡的公爵望文生义，把 produce 想当然地理解为"制造"，进而把等腰三角形的两个腰理解成了某种产品，于是就有了"在国内市场制造"的说法。作者通过玩文字游戏生动地刻画了公爵的无知。

魔术师的报复

"女士们，先生们，"魔术师说，"现在大家看清了，这块布里什么也没有，接下来我要从里面变出一缸金鱼来。说变就变！"

全场的观众纷纷赞叹："噢，太妙了！他是怎么变出来的？"

可是坐在前排的那个机灵鬼却不以为然。他用不小的声音对他周围的人说："鱼——缸——早——就——藏——在——他——衣——袖——里——啦！"

周围的人向机灵鬼会心地点头致意，说："噢，那当然。"结果，全场的人都交头接耳地说："鱼——缸——早——就——藏——在——他——衣——袖——里——了。"

"我的下一个魔术是举世闻名的印度斯坦环，"魔术师说，"你们可以看出，这些环是明显分开的，我只要敲一下，它们就会串连起来（叮当，叮当，叮当）——说变就变！"

全场响起一片激动的嗡嗡声，可很快又听见那个机灵鬼低声说："他——袖——子——里——肯——定——藏——着——另——一——套——环。"

观众们再一次点头并交头接耳："那——套——环——他——早——就——藏——在——袖——子——里——啦。"

魔术师开始皱眉头了，脸色阴沉起来。

"现在，"他接着说，"我要表演一个最有趣的魔术，我将从一顶帽子里变出鸡蛋来，想变多少就有多少。有哪位先生愿行行好，把帽子借给我用一下吗？啊，谢谢您——说变就变！"

他从帽子里变出十七个鸡蛋来，有那么三十五秒钟观众们开始认为他妙不可言了。可接着那个机灵鬼又在前排悄悄说开了："他——衣——袖——里——藏——着——好——几——只——母——鸡——哩。"

变鸡蛋的魔术就这么砸了。

每一个魔术都是这样收场。那个机灵鬼揭穿了所有的奥秘，他悄悄告诉大家魔术师的袖子里不仅藏有环、母鸡和金鱼，而且还藏有几副扑克牌、一大条面包、一个玩具摇篮车、一只活的荷兰猪、一枚五十分的钱币和一把逍遥椅哩。

魔术师的名望很快降到了零点以下，在晚会即将结束的时候，他作了最后一次努力。

"女士们，先生们，最后，我将向大家表演一个著名的日本魔术，它是蒂波雷里的土著人最近发明的，好心的先生，"他转向那个机灵鬼，接着说，"您能不能把您的金表借给我用一下呢？"

金表递到了他手里。

"您能允许我把它放在研钵里捣碎吗？"他狠狠地说。

机灵鬼点点头并且微微一笑。

魔术师把金表扔进研钵，然后从桌子上拿起一把长柄锤。

台上传来狠狠捣碎东西的声音。"他——把——表——转——移——到——衣——袖——里——去——了。"机灵鬼低声说道。

"现在，先生，"魔术师继续说道，"您能把您的手绢给我并允许我在上面钻几个洞吗？谢谢您。你们瞧，女士们，先生们，这可不是骗人的；手绢上这些洞一目了然。"

机灵鬼的脸开始神采飞扬了，这一回的表演实在叫人猜不透，他给迷住了。

"现在，好心的先生，您能把您的丝帽递给我并允许我在上面跳跳舞吗？谢谢您。"

魔术师用双脚迅速跳了一通快步舞，然后向观众展示了一下那顶面目全非的帽子。

"先生，您现在愿意把您的赛璐珞衣领摘下来并允许我在蜡烛上烧掉它吗？谢谢您，先生。另外，您愿意让我用锤子把您的眼镜敲碎吗？谢谢您。"

到这个时候，机灵鬼的脸上已是一副大惑不解的神色。"这下可把我给难住了，"他低声说，"我一点儿都看不破它的窍门。"

全场鸦雀无声。然后魔术师挺直身子站了起来，他狠狠地盯了机灵鬼一眼，接着就发表了他的收场白：

"女士们，先生们，你们都看到了，在这位先生的同意下，我砸了他的表，烧了他的衣领，碎了他的眼镜，还在他帽子上跳了舞。要是他还愿意让我在他的外套上画绿条条，或者是把他的吊裤带打成结的话，我很乐意为之效劳，以博诸位一乐。要是不行的话，那表演就到此结束。"

在乐队热烈的演奏声中，帷幕落了下来，观众们纷纷起身离席，他们深信：无论如何，有些魔术决不是靠魔术师的衣袖完成的。

给旅行者的提示

以下的提示和意见，是我最近一次横穿北美大陆旅行时想到的：我之所以写下它们，不是因为我对现有铁路秩序心存怨言，只不过是希望它们对像我这样性情温和、漫不经心的旅行者有所裨益。

1. 初次坐普尔门式列车，睡卧铺会遇到些麻烦。多加小心可以减少危险感。夜间机车会经常鸣笛，那往往是一种警报源。因此，在出行之前，就要弄清各种汽笛声的含义。一声汽笛表示"车站"，两声表示"铁路交叉口"，等等。五声汽笛，短促而急迫，表示"有突发危险"。夜间听到汽笛声，你要从铺位上坐起来，数一数响了几声。假如响了五声，你得马上把外裤套在睡裤上穿好，并且立即离开火车。预防事故的另一个措施是，睡觉时脚朝机车方向，假如你更喜欢双脚被撞坏的话；或者是头朝机车，假如你觉得撞碎头最好的话。假如什么都无所谓，那就横着睡好了，把头伸进过道里悬着。

2. 我花了些心思琢磨火车换车的得当方法。据我观察，对我本人这个阶层的旅客来说，我琢磨出的换车方法最受欢迎，招数如下所示：不妨先假定，在离开纽约时有人告诉你要在肯萨斯换车。在到达肯萨斯的头天晚上，你得在车厢过道里拦住列车员（做到这一点的最佳办法，是伸一只脚去把他绊倒），并彬彬有礼地说："请问我是在肯萨斯城换车吗？"他会说："是的。"很好。但别相信他。去餐车吃饭的时候，把一个黑人拉到旁边，像一个白人和一个黑人谈私事似的，跟他谈一谈，问问他是否觉得你应该在肯萨斯城换车。不要以此为满足。那整个晚上，要时不时地穿过整列火车，随时向人们发问："哦，您能不能告诉我，我是不是该在肯萨斯城换车呢？"那个晚上要把这事再问列车员几次，重复问几次准能让你和他关系更为融洽。睡着之前，在他走过去时要留意，要透过你的床帘问他："哦，顺便问一下，您是否说过我该在肯萨斯城换车呢？"假如他拒绝停下来答话，就用你的拐杖勾住他的脖子，轻轻把他拉到你的床边。到了早上，当火车停下来并有人喊"肯萨斯城！大家换车！"时，要再次走到列车员跟前并发问："这是肯萨斯城吗？"不要对他的答复感到气馁。要打起精神走到火车的另一头，对列车制动员说："您知不知道，先生，这是肯萨斯城吗？"也不要轻易相信他的话。要记住，制动员和列车员或许是勾结起来欺骗你的。因此，要四周张望一下，看看站牌上的站名。找到之后就下车，问问你碰到的第一人这是不是肯萨斯城。他会回答说："嗨，是站牌没有字，还是你眼睛不管事？站牌明明白白写着，你难道就看不见吗？"一旦你听到这样的回答，就不要再问了。你现在总算到了肯萨斯，这就是肯萨斯城。

3. 我经观察发现，如今列车员会在乘客的帽子上别小纸片，这已形成惯例。我相信，他们这样做是为了标示哪些人他们最喜欢。这种做法很别致，能为火车里的可爱场面锦上添花。但我难过地注意到，这套做法对列车员有很多麻烦。要把三三两两的乘客拢到一块儿，以便接近他们并往他们的丝质便帽里塞纸片，这对一个情感细腻的列车员来说够难为情的。假如列车员能带一把小锤子和一盒木瓦钉，把买了票的乘客钉在座位靠背上，那事情就简单得多。或者，更简便的做法是，让列车员提一小罐漆和一把刷子，用某种方式给乘客做上记号，那他就不会轻易张冠李戴了。碰到那些光头乘客，可以客气地摘下其帽子，把红十字漆在头顶上。这可以标明他们是秃头族。对直达的乘客，可以刷一层漆以示区别。由一个有品位的人来实施，一小群刷了漆的乘客会蔚为大观，而列车员的闲暇时光也会雅趣盎然。

4. 我在西部旅行时注意到，铁路交通事故无规律是怨声载道的主要原因。在西部各条铁路上，持事故保险车票的乘客屡屡感到失望，这已导致大规模的抗议。西部的旅行条件当然正在快速改善，再也不能对事故有所指望了。这确实令人深感遗憾，因为，除非发生事故，那些保险车票可以说是实际上一点儿价值都没有。

教育指南

以下几个选项是我准备撰写的一本小书的样板页面。

每个人在其头脑后部的某个地方，都有他称为其教育的东西的残余。我的书准备以简明的形式体现早期教育的这些残留物。

教育可分为极品教育、正统教育和普通教育。所有耄耋老人都受过极品教育；所有对其他事一无所知的人受的是正统教育；没有谁受过普通教育。

一种教育，若是用大开的纸张罗列其内容，大概可以写满十页纸。要完成它需要接受大约六年苛刻的学院培训。甚至在六年之后，还常常有人发现自己学养不够，深感书到用时方恨少。随着我的八到十页的小手册问世，每个人都可以把他的教育揣在屁股口袋里。

经过几个小时的勤勉练习，那些早年训练"无"素的人能取得长足进步，足以与最博学之人平起平坐。

以下各项完全是随意选择的。

一、天文学的残余

天王学讲授的是太阳和行星模型的正确用法。可以把这些天体安放在一个由小棍子组成的框架中，并把它们转动起来。转动导致潮汐产生。在棍子顶端的那些天体极其遥远。通过坚持不懈地搜寻那些木棍，不时可以发现新的行星。一颗行星的轨道是棍子环行时走过的距离。天文学是非常有趣的；天文研究应该于夜间进行，在斯匹茨卑尔根的一座高塔里。这是为了避免研究受到干扰。一个优秀的天王学家听到旋转的棍子发出的警告性的嗡嗡声，便可知一颗彗星正在逼近他。

二、历史学的残余

阿兹台克人：一个难以置信的种族，半人，半马，半神庙建造者。他们的鼎盛时期大概在喧嚣时代早期。他们在某个地方留下了一些为自己建造的硕大惊人的纪念碑。

恺撒的生平：一个著名的罗马将军，最后一个在不列颠登陆却没有被海关阻拦片刻的人。在其返回萨尔宾农庄（取某件东西）之日，他被布鲁图斯用匕首捅死了，死时有遗言哽咽在喉："我来了，我看到了，金币，二十五个。"[①] 陪审团所下结论是窒息而亡。

伏尔泰的生平：一个法国人；非常尖刻。

---

① 此句原文为"Veni, vidi, tekel, upharsim"，是对恺撒的豪言壮语"Veni, vidi, vici.（我来了，我看到了，我征服了。）"的戏谑模仿。Tekel 是一种货币名，等于一个 shekel（锡克尔，古希伯来人的金币名称），一个 upharsim 等于 25 个 shekel。这一戏谑模仿是意味深长的。布鲁图斯是恺撒所器重的人，但是他因更爱罗马而背叛、刺杀了可能独裁的恺撒。另据《圣经·新约》，犹大为 30 个金币出卖了基督。因此，此处篡改恺撒豪言，应有暗讽之意：布鲁图斯行刺恺撒，犹如犹大出卖基督。

叔本华的生平：一个德国人；非常深邃；但这一点在他坐下时确实不引人注目①。

但丁的生平：一个意大利人；他第一个介绍香蕉以及叫作"但丁的地狱"的街道结构分层②。

彼得大帝、艾尔弗雷德大帝、腓特烈大帝、约翰大帝、汤姆大帝、吉姆大帝、乔大帝，等等。

对大忙人来说远离这些东西是不可能的。他们孜孜以求的便是活得如同国王、使徒、拳击手，等等。

三、植物学的残余

植物学是关于植物的艺术。植物被分为树木、花朵和蔬菜。真正的植物学家一看到树木便能马上认出它来。他学会了只需用耳朵听一听就能把树木和蔬菜区分开来。

四、自然科学的残余

自然科学所探讨的是运动与力。它的很多教义都会保留下来，成为受过教育者的永久的人生素养。比如：

---

① 此处也似有暗讽。哲学家叔本华的人生观是悲观的，但这丝毫不影响他享受丰美的佳肴，因此有人说他是酒足饭饱后的悲观主义者。据说他是在餐桌边独自用早餐时去世的。据此，"他坐下时"可能暗指"他坐在餐桌边时"。

② 但丁在《神曲·地狱篇》中把地狱分成九层，不同罪孽的人要进不同层的地狱受煎熬。把地狱和街道相提并论，当然有暗讽意味。

1）你踩自行车越用力，它跑得就越快。这是自然科学使然。

2）假如你从一座高塔上跌落，你跌下的速度会越来越快、越来越快；对塔的明智选择会确保任何速度的实现。

3）假如你把大拇指放在齿轮的两个轮齿之间，齿轮会继续旋转，直到所有齿轮被你的裤子吊带卡住。这便是机械学。

4）电分为两种：正电和负电。两者的区别，我相信是一种有点儿贵，但更持久，另一种便宜一些，但飞蛾会飞进去。

胡杜·麦克菲金的圣诞节

圣诞老人的戏法玩到头了。那是一种鬼鬼祟祟的秘密把戏，越早把它拆穿越好。

为人父母者在夜晚的黑暗的掩护下悄悄起床，拿一条一毛钱买的领带去哄一个一直盼望得到一个十块钱的表的孩子，然后蒙骗他说是天使送给他的，这样的把戏是卑劣的，确确实实卑劣。

这个圣诞节我获得一个好机会，目睹了戏法的全过程。为我提供机会的是年幼的胡杜·麦克菲金，麦克菲金夫妇的儿子兼继承人，我寄住在他们家呢。

胡杜·麦克菲金是一个好孩子———一个爱当真的孩子。他明白圣诞老人不会给他爸爸和妈妈带任何东西，他早就听人说过天使是不会给成年人送礼物的。因此他把零花钱省了下来，给他爸爸买了一盒雪茄，给他妈妈买了个七角五分钱的菱形胸针。而他自己的命运则托付到了天使的手上。不过他做了祈祷。一连几个星期，他每天都祈祷圣诞老人送他一双滑冰鞋、一条小狗、一把气枪、一辆自行车、一条诺亚方舟①、一副雪橇

---

① 《圣经·创世记》记载了诺亚方舟的故事。创造万物的上帝耶和华不满人类的堕落，计划用洪水消灭恶人。耶和华指示好人诺亚建造一艘方舟，要他带家人以及牲畜与鸟类等进入方舟躲避洪水，以免跟恶人一道遭灭顶之灾。

和一面鼓——总共大约一百五十块钱的礼物呢。

圣诞节大清早我就进了胡杜的房间。我心想，那场面会非常有趣的。我唤醒了他，他在床上坐了起来，双眼闪烁着期盼的光芒，开始从他的圣诞长袜里往外拉礼物。

第一个礼包块头大，包得很松，看上去有点儿古怪。

"哈！哈！"胡杜欢快地叫道，开始打开礼包，"我敢赌是那条小狗，整个儿包在纸里！"

可这是那条狗吗？不是，根本不是。是一双漂亮而结实的四码的靴子，包括鞋带都一应俱全，上面还有个字条，写着："给胡杜，圣诞老人送。"在字条下部圣诞老人还写了几个字："实价九角五分。"

男孩因欢喜而咧开了嘴。"是一双靴子。"他说道，再一次把手伸进了袜子里。

他开始往外拉另一个礼包，脸带着新的希望。

这次的东西像是一个小圆盒子。胡杜用发烫的手扯掉了包装纸。他摇了摇那玩意儿，有什么东西在里面咯咯作响。

"是一块带链子的表！是一块带链子的表！"他叫道。然后他打开了盖子。

这是带链子的表吗？不是。是一盒崭新、漂亮的赛璐珞衣领，整打儿一模一样的，都是他用的那个号码。

这孩子太高兴了，你能看到他高兴得简直脸都要裂开了。

他等待了几分钟，直到他那强烈的快乐缓和下来。然后他又开始掏礼物。

这次的包又长又硬。它让人抓不稳，形状有点儿像漏斗。

"是一把玩具枪！"男孩说道，因兴奋而颤抖着，"哇！真希望配有好多好多弹药！我要开它几枪，把老爸惊醒。"

不行啊，可怜的孩子，你用那玩意儿是惊不醒你老爸的。那是一件有用的东西，但它不需要弹药，也根本打不出子弹，你不可能用一把牙刷惊醒一个睡觉的人。没错，就是一把牙刷———把普通却漂亮的牙刷，牙刷把儿是纯骨头做的，上面还系有一个小字条："给胡杜，圣诞老人送。"

强烈的快乐表情再一次快速掠过孩子的脸庞，感激的泪水开始从他眼中涌出来。他用牙刷擦掉泪水，又继续拆礼物。

接下来的礼包大很多，并且装的显然是一个又软又大的东西。由于它实在太长而没法装进袜子里，它被捆在了袜子外面。

"我不知道这个是什么。"胡杜在心里琢磨，有点儿害怕拆开礼包。然后他的心开始猛烈跳荡，他对这个礼包充满期望，忘记了所有其他的礼物。"是那只鼓！"他喘着气说，"是那只鼓，整个包着呢！"

鼓个屁啊！是一条裤子———条最漂亮的小短裤——黄褐色的短裤——有可爱的小色条纵横交错，并且还带有圣诞老人的字条："给胡杜，圣诞老人送。"

但短裤里还包着什么东西。噢，是的！包在里头的是一副裤子背带，上面有可以滑动的钢玩意儿，让你可以把裤腰提高到脖子下面，假如你需要的话。

男孩喜不自禁地发出一声无泪的呜咽。然后他拿出了他的最后一个礼物。"这是一本书，"拆包时他说，"不知道是一本童话故事呢，还是历险记。噢，我希望是历险记！我整个早上都要读它。"

不，胡杜，的确不是历险记。是一本袖珍本家用《圣经》。至此胡杜已看完他所有的礼物，他起床并穿好了衣服。但他仍然在津津有味地摆弄他那些玩具。圣诞节早晨的主要欢乐大抵如此。

他首先是玩他的牙刷。他弄来很多水，把他的所有牙齿都刷了个遍。这可是件大事情。

然后他又摆弄他那些衣领。他拿它们闹腾着，欢乐无限啊，一条接一条地拿出来，对它们一一诅咒，然后把它们放回去，再对它们全部诅咒一番。

接下来的玩具是他的短裤。他从中获得了无穷的乐趣，把它穿了又脱，脱了又穿，然后仅凭目测猜哪边是前，哪边是后。

这之后他拿出他的书，读了一些叫作《创世记》① 的历险故事，一直读到早餐时间。

然后他走下楼去，亲吻了他的老爸和老妈。他爸爸正在抽一支雪茄，他妈妈已佩戴上她那枚新的胸针。胡杜的脸一副若有所思的表情，并且他心里好像明白了什么似的。的确，我相信明年的圣诞节到来之际，他准会用他自己的钱在天使所送的礼物上大作文章。

---

① 《创世记》是《圣经》的第一章，本处称其为历险记，显然有调侃的意味。

约翰·史密斯的生平

伟人们的生平故事占据了我们的文学的大部分篇幅。伟人当然了不得。他走过他的世纪，会留下了众多足迹，会用胶鞋把岁月踩得泥泞飞溅。要发起一场革命、创立一种新宗教或促成任何类型的国民觉醒，没有他登场是不可能实现的，他总是让自己处于领袖位置，率先为自己赢得所有的入场券。甚至在死亡之后，他仍然能影响后面五十年的历史进程，让其一个个后继者占据前排的席位。

伟人们的生平故事无疑极其引人入胜。但有时我得承认一种不同的想法，即普通人也有资格让人写传记。正是为了阐释这一想法，我才动笔写约翰·史密斯的生平故事，此公既不是贤人，也算不上伟人，仅仅是普通人一个，平平常常的，跟你我之辈及其他人没啥区别。

从儿童时代起约翰·史密斯就很平常，没有任何东西让他从同伴中脱颖而出。这孩子的不可思议的早熟，并没有让他的老师感到惊讶。从青年时代起，书本就唤不起史密斯的热情，也没有哪个老先生把手按在他的前额说：注意他说的话，这男孩终有一天会成为大人物。他的父亲也从来没有带着某种类似敬畏之情凝视他的习惯。毫无理由那样！

他的父亲所做的一切，便是纳闷史密斯是不是一个傻瓜

蛋，因为他没法不那样想，或者他觉得那样想更明智。换而言
之就是，史密斯跟你我之辈及其他人没啥区别。

在他那个时代，体育运动乃是青春的亮点所在，而史密斯
却并没有像伟人们那样有超群表现。他骑马毫无建树。他溜冰
毫无建树。他游泳毫无建树。他射击毫无建树。他做任何事情
都毫无建树。他就像我们这些人一样。

这男孩心灵上的强悍，并没有抵消他身体方面的缺陷，这
跟众多传记所述大相径庭。完全相反。他害怕他父亲。他害怕
校长。他害怕狗。他害怕枪。他害怕闪电。他害怕地狱。他还
害怕女孩。

就选择职业而言，我们在这个男孩身上看不到那种选择终
生职业的热切渴望，而在名人们身上我们对此屡见不鲜。他不
想当律师，因为得熟悉法律。他不想当医生，因为得懂医药。
他不想当商人，因为得懂商业；他也不想当校长，因为他已见
过很多校长。若要由他来选择，他愿当的要么是鲁滨孙·克鲁
索①，要么是威尔士亲王②。他父亲拒绝了他这两个选项，把他安
排进了一个纺织品商店。

这便是史密斯儿童时代的状况。在童年时代结束时，没有
任何外在表现显示他是个天才。漫不经心的观察者一眼看去，
从他那张阔脸、那个大嘴巴、那不饱满的前额以及那纵贯短发

---

① 《鲁滨孙漂流记》是英国作家丹尼尔·笛福创作的一部以"荒岛求生"为主题的历险小说，鲁滨孙·克鲁索便是小说的主人公。
② 威尔士亲王，原为威尔士公国元首的称号，1301年英格兰吞并威尔士之后，英王将这个头衔赐予自己的长子。后来"威尔士亲王"便成了英国王储的代称。

脑袋的招风耳，根本看不出有什么天才禀赋隐藏在后面。他当然看不出来。根本就没有天才禀赋藏在那里。

投身于生意还没有多久，史密斯便受到一种怪病的侵袭，此病在磨人诸症中排行第一，史密斯后来便成了它的奴隶。该病发作于深夜时分。那天晚上他与几个老校友欢聚一堂，在欢歌与赞美的晚会结束后，他在回家的路上就患病了。患病的症状是，他发现人行道在怪诞地起伏，街灯在舞来舞去，房屋在狡猾地前后挪动，他辨认了好久才认出自家的屋子。在整个患病过程中，他都有一种拒绝喝水的强烈愿望，这表明患的显然是某种形式的恐水病。从这个晚上开始，这类发作变成了慢性折磨，跟史密斯纠缠不休。发作可能随时出现，在星期六晚上，在每个月的头一天，在感恩节那一天，尤其如此。每逢圣诞夜，他都会有极严重的恐水病发作，而每次选举之后的发作简直可怕。

在史密斯的生涯中发生过一件大事，说起这事来他很可能会表露后悔。在还没有完全成年的时候，他就遇到了世界上最美丽的女孩。她有别于其他所有女人。在本性上她远比其他人深邃。史密斯一眼就看出了这一点。她能感悟和理解其他人无法企及的东西。她能理解他。她有超强的幽默感，对笑话的妙处能体会入微。有一天晚上，他给她讲了他所知的六个笑话，她觉得它们棒极了。只要一见到她，他就感到仿佛他吞了一轮夕阳似的：第一次他的一个手指碰到她的手指，他感到有一阵震颤掠过全身。不久他发现，假如他用手紧握住她的手，他能感到激动持续不散，回味悠长，而假如他在沙发上坐到她身边，把头靠着她的耳朵，用手臂搂她一次半次的，他能激动到无以复加的地步，也就是你所说的心花怒放。史密斯有了一个念念不忘的想法，他希望她永远留在她身旁。他向她做了表白，提议她过来跟他在同一屋檐下生活，亲自照管他的衣食住行。而作为回报，她可以获得免费食宿和洗衣服务，还可以每周获得七角五分钱的现金报酬，此外还有史密斯给她当奴仆。

在史密斯为这个女人当了一段时间的奴仆后，一个婴儿的手指悄然伸进了他的生活，然后是另一个婴儿的手指，再后来是更多婴儿的手指，直到屋子里到处是婴儿的手指。那个女人的母亲也悄然进入了他的生活，每一次她到来史密斯都会有恐水病可怕地发作。够奇怪的是，从他的生活里却并没有扯出什么鸡毛蒜皮的闲话，也没有什么变成让他忌讳的伤心回忆。哦，当然没有！小史密斯们都不是那种爱闲扯的人。所有九个孩子都长成了又高又瘦的小伙子，每一个都跟他们的爸爸一样长着阔脸和招风耳，并且都没有任何突出才干。

在史密斯的生活中，好像从未出现过伟人传里常见的那种伟大的命运转折点。诚然，流逝的岁月也带来过一些财富方面的改变。他在纺织品商店曾从缎带部升迁到衣领部，从衣领部晋升到男裤部，再从男裤部晋升到男衣部。然后，随着他的年龄增长及能力下降，他们又让他降级，从男衣部到男裤部，依次降级至缎带部。等到他年龄很大时，他们就解雇了他，雇了一个嘴巴有四寸大、头发是沙子色的男孩，他干了史密斯所能干的所有活儿，却只拿一半的工钱。这就是史密斯的从商生涯：它与格莱斯通 ① 先生的没法相提并论，但跟你自己的却没啥区别。

史密斯在被解雇后活了五年。他的儿子们供养他。他们不想供养，但他们不得不供养。在他的老年岁月，他活泼的心智和他所积累的轶闻，无法让访客感到快慰。他爱讲七个故事，他知道六个笑话。那些故事冗长乏味，讲的都是他本人的琐事，而那些笑话，则是关于一个商务旅行者和一个卫理公会牧师的。但没有任何人去拜访他，因此也就无所谓了。

史密斯六十五岁时患病，在适当治疗之后，他就死了。他的坟地竖着一块墓碑，上面有一只手指着东北偏北的方向。

但我怀疑他是否到过那里。他太像我们这些人了。

---

① 格莱斯通（William Ewart Gladstone，1809—1898），英国政治家，曾四度出任英国首相。

收藏趣话

和其他很多人一样，我也时不时地受制于收藏东西的欲望。

我的收藏始于集邮。当时我收到一个出国到南非的朋友写来的信。那封信上贴着一枚三角形的邮票，我一看到它就心动了："就是它！集邮！我要集一辈子。"

为存放各国的邮票，我买了一本集邮册，并立即开始了集邮。开头三天，进步相当可观。收集到的邮票有：

一枚好望角邮票。

一枚面值一分的美国邮票。

一枚面值两分的美国邮票。

一枚面值五分的美国邮票。

一枚面值一毛的美国邮票。

在那之后集邮便停了下来。有一阵子，我常常煞有介事地跟人说我集邮的事，号称我有一两枚非常珍贵的南非邮票。可是过了不久，连这样的夸夸其谈我都厌倦了。

硬币收藏也是我不时想做的一件事。每次得到一枚半便士的老硬币或一枚两毛五的墨西哥币，我都会畅想一番：假如一个人持之以恒地收藏这类珍稀之物，过不了多久他便会有一笔不菲的珍贵藏品。收藏硬币之初，我可真是满腔热情，不久我的收藏中就有了不少的珍品。藏品细目如下：

藏品 1 号：古罗马银币。卡里古拉 ① 时代老货。此物是我所有藏品中的珍品。是一位朋友送给我的，正是它引发了我藏币的雅兴。

藏品 2 号：小铜币。面值一分。美国货。明显是新货。

藏品 3 号：小镍币。圆形。美国货。面值五分。

藏品 4 号：小银币。面值一毛。美国货。

藏品 5 号：银币。圆形。面值两毛五。美国货。品相漂亮。

藏品 6 号：大银币。圆形。铸有"一元"字样。美国货。珍贵难得。

藏品 7 号：不列颠古铜币。或许是卡拉克塔库斯时代遗物。币面模糊。铸有铭文"维多利亚蒙神恩女王"②。非常珍贵。

藏品 8 号：银币。一看就是法国货。币面有铭文"Funf Mark"和"Kaiser Wilhelm③"。

藏品 9 号：圆形银币。币面磨损严重。残留的铭文为"E Pluribus Unum④"。可能是一块俄国卢布，但也很可能是一块日

---

① 卡里古拉，古罗马帝国皇帝，公元 37 年—41 年在位，以荒淫、残暴著称。

② 卡拉克塔库斯是一世纪时不列颠的一个部落首领，曾经抵抗罗马人的入侵，战败后被押往罗马。他被罗马人判处死刑，但获准在行刑前发表演说。他的演说打动了罗马皇帝克劳狄，皇帝赦免了他。卡拉克塔库斯和维多利亚女王所处时代相隔遥远。

③ Funf Mark 意为"五马克"。Kaiser Wilhelm 意为"威廉皇帝"，指德国皇帝威廉二世。铭文表明此银币是德国货。文中的"我"不懂德语，误把德国货当成法国货。作者的意图是影射收藏者的无知。

④ E Pluribus Unum 意为"合众为一"，美国早期的银币上有此拉丁文铭文，美国的国玺上也有此铭文——美国的全称是"美利坚合众国"。

圆，或者是一块上海鹰洋。

这便是我的藏币之大成。藏币活动持续了将近一个冬天，我对此颇感得意。但有一天傍晚，我拿着硬币藏品进城里，去让一个朋友开开眼，结果我们把藏品 3 号、4 号、5 号、6 号和 7 号全花了，为我们俩换了一小顿晚餐。饭后我用那块日圆买了几支雪茄，还用那卡里古拉时代的遗物换了热腾腾的苏格兰威士忌，他们乐意换多少就喝多少。此后我更是又一不作二不休，干脆把藏品 2 号和 8 号塞进了儿童医院的慈善捐款箱。

接下来我尝试过化石收藏。十年中我收藏到两块化石。然后我就罢手了。

我的一位朋友曾给我看过一批很精致的藏品，全是些稀奇的古代兵器，因此我一度也满脑子收藏兵器的念头。我还真收藏到几样有意思的东西，比如：

藏品 1 号：老式燧发滑膛枪，是我爷爷用过的。(他在农场把它当撬棍用了好些年。)

藏品 2 号：旧的生皮磨刀带，是我爸用过的。

藏品 3 号：古印第安箭头，是我自己在刚开始兵器收藏的那一天发现的。它像一块三角形石头。

藏品 4 号：古印第安弓，是我自己在一家锯木厂背后发现的，那是在开始兵器收藏的第二天。它看上去像一根笔直的榆木或橡木棍子。想来真有意思啊，这么一件武器很可能在一场野蛮战役的厮杀中大显过身手呢。

藏品 5 号：南太平洋诸岛的食人生番的匕首或直柄短剑。

这件杀气重重的武器，是我自己在收藏兵器的第三天买到的，当时它竟然被当作居家切肉刀摆在一家旧货店里，光是这一点就足以让人毛骨悚然。注视着它，你禁不住会联想出它肯定见证过的那些可怕场面。

这件藏品我收藏了很长时间，直到后来我情迷心窍，把它作为订婚礼物送给了一位年轻女士。事实证明这件礼物张扬过了头，我们的关系最后也就无声无息了。

就总体而言，我乐意向新手推荐的是专心收藏硬币。目前我本人在做的是收藏美国钞票（尤其是塔夫脱①时期的），我发现这是一项非常令人痴迷的消遣。

---

① 塔夫脱，美国第二十七任总统。

社会闲谈

（关于社会闲谈应有的模样）

我注意到各类报纸都有一个惯常做法，就是会印刷一栏左右的社会闲谈。他们一般会冠之以"闲言碎语""家长里短"或"闺房杂谈"，或诸如此类的标题，并且他们总是会让栏目中法国术语比比皆是①，好让栏目显得时尚非凡。或许这些栏目自有其妙趣横生之处，但我却总觉得不得要领，没有抓准值得告诉我们的东西。比如说，他们会津津有味地讲述在德·斯密兹夫人家的欢快舞会——在舞会上德·斯密兹夫人身穿老式薄纱晚礼服，外加有金饰带的胸衣，看上去何等妖媚——或者是讲述阿隆佐·罗宾逊先生府上的晚餐聚会，或者是夏洛塔·琼斯小姐所招待的迷人的淡红色好茶。的确，那都毫无问题，但真不是我们想了解的那类事情；它们不是我们的邻居家正在发生的事情，也不是我们真想听到的。我们感兴趣的是宁静的居家小情景，是家居生活的小特色——好了，比如说，就以德·斯密兹夫人家的欢快晚会为例吧，我敢说凡是出席过那次晚会的人，都更乐意看到下面这样的一小段文字，以便对晚会之后第

---

① 本文的英语原文通篇夹杂着大量的法语词，很多用法不符合英语文法，读起来有点儿怪，那感觉有点儿像中文笑话里的"我在学校读 book，门门功课都 good，English 不晓得，老师上课打 head"。由于译成中文后无法显示英语和法语夹杂的怪味，只好勉为其难译成顺畅的中文。

二天早上德·斯密兹一家的家庭生活略窥一二。

德·斯密兹家的精美早餐

星期三早上七点十五分，德·斯密兹家精致迷人的法式早餐开餐了。这顿美餐首先要慰劳的是德·斯密兹先生和他的两个儿子，阿尔弗斯·德·斯密兹少爷和布林克斯·德·斯密兹少爷，他们餐后要去他们的花卉与饲料批发部忙日常工作呢。绅士们穿得低调而得体，符合其工作习惯。梅林达·德·斯密兹小姐负责端茶倒水，因为仆人在经过了头天晚上的晚会后不愿这么早就起床。早餐很精美，有蛋子和火腿，半冷半热的，还有冰淇淋。餐聊会进行如仪，气氛活泼。德·斯密兹先生担纲主聊，为了女儿和儿子，他把餐聊会搞得热火朝天。在餐聊过程中，德·斯密兹先生宣布说，下一回他要是再允许年轻人们把他的房子弄个底朝天，那他和他们地狱里见好了。他想知道他们是否注意到，头天晚上有个混蛋把客厅的一块彩玻璃打烂了，他得花四美元才能修复啊。莫非他们把他当印钞机不成！要是这样，他们就错得不能再错了。早餐结束时大家说了很多温情的话。一只小鸟对我们喃喃细语说，在很长时间之内德·斯密兹家不会再有什么晚会了。

下面是会令社会各界感兴趣的另一个小段落。

昨天下午六点半，岩石街的麦克菲金夫人举办了一个欢快的小型晚餐会，招待她的所有寄宿房客。餐厅用经文选段装饰着，非常漂亮，而家具则配有马毛靠垫，出自路易·昆兹之手。所有的房客都穿戴得平和得体。麦克菲金夫人精心做了打扮，穿着一套老式紧身晚礼服，配一件里面有鲸鱼骨支撑的紧身胸衣。壮实的东道主为账单呻吟。寄膳房客也同样呻吟。他们的呻吟是很容易觉察的。第一道主菜是法式煮牛扒，上面沾着些古老的佐料。第二道菜是南瓜馅饼，然后是麦克菲金肉末羹，盛在玻璃杯里。在第一轮上菜完毕后，演说成了那一天的头等大事。麦克菲金夫人第一个发表演说。她开门见山地说，她吃惊的是绅士们好像对法式煮牛扒没几个人看得上；她说，她自己在法式煮牛扒和两只烤鸡之间犹豫半天，难分难舍啊（一片激动）。她最后还是选择了法式煮牛扒（没有激动）。一会儿后她缅怀了已故的麦克菲金先生，说他生前对煮牛扒明显情有独钟。接着是其他几个人发表了演讲。所有人的演说都很有力且切中要点。最后一个讲话的是牧师温勒先生。尊敬的牧师先生站起身来，他说，他把自己及房客同伴都托付给了上帝，但愿得到神的特别眷顾。为他们所食用的一切，他说，他希望上帝能让他们真的心存感激。在晚餐结束的时候，几个寄宿房客表示他们都想沿街走走，到某家馆子去找点儿吃的。

这里还有另一个范例。对罗宾逊先生家的那件小事，邻居们本来只是间接有所耳闻，能读到详尽的叙述真是太有意思了！瞧：

阿隆佐·罗宾逊先生府上的欢快夜晚

昨天阿隆佐·罗宾逊先生一家在其位于第 × 街的府邸度过了一个欢快的夜晚。昨天是阿隆佐·罗宾逊少爷的十七岁生日。阿隆佐·罗宾逊少爷最初的想法是在家里庆祝生日，邀请一些伙伴来乐呵一下。不过呢，由于阿隆佐·罗宾逊老爷已有言在先，说要是那样他宁愿倒霉，因此阿隆佐少爷晚上就到城里的一个个馆子晃荡去了，它们都是由他刷成红色的。阿隆佐·罗宾逊老爷整个晚上都在家里，平静地坐等儿子回家。他非常得体地穿了一条93码的长裤，一条宠物狗横躺在他的膝上。罗宾逊夫人和罗宾逊小姐都穿着黑衣服。当晚的贵人很晚才露面。他穿着他惯常的衣服，体内已有六大杯生命之水。他显然已喝到嗓子眼了。他到达后有一小会儿屋子里热闹得不可开交。罗宾逊老爷对小狗撒完了气，全家人说了些情真意切的话之后，就各自回房睡觉去了。

最新保险

几天前有个男人来拜访我，旨在让我买人寿保险。我本来就讨厌人寿保险代理人；他们总是说某一天我会丧命，但事实并非如此。我已买过很多次保险了，每次大约保一个月，但我从未因此交过任何好运。

因此我下决心要跟这个男人斗斗智，在他自己的行当里玩他一把。我任由他大放厥词，并尽我所能怂恿他大说特说，直到最后他留给我一张问答清单，那是我作为投保申请人要填写的。瞧，这正是我所期盼的；我已经拿定了主意，假如那家公司想要我的相关资料，他们会如愿以偿的，并且得到的是我所能提供的最佳资料。于是我把问答清单在面前打开，对问题逐一作了回答，我希望借此一劳永逸地扫除疑问，让他们确信我绝非合适投保的人。

问：您年龄多大？

答：我不敢想。

问：您的胸围是多少？

答：十九英寸。

问：您肺活量多大？

答：半英寸。

问：您身高多少？

答：如站直了，是六英尺五，但我爬行时矮很多。

问：您的爷爷过世了吗？

答：差不多了。

问：假如过世了，死因是什么？

答：假如过世了，是酗酒所致。

问：您的父亲过世了吗？

答：完全过了。

问：死因是什么？

答：狂犬病。

问：您籍贯哪里？

答：肯塔基。

问：您患有什么病？

答：小时候，得过肺结核、麻风病，还有膝关节水肿。成年后，得过百日咳、胃痛病，还有脑积水。

问：您有兄弟吗？

答：有十三个；几乎都死了。

问：您意识到有什么恶习或怪癖估计会缩短您的寿命吗？

答：我意识到了。我喝酒，我抽烟，我用吗啡和凡士林。我还吞食葡萄籽并憎恶运动。

答完清单上的问题之后，我心想我已经稳操胜券，于是就把问答单连同一张支付三个月保险费的支票邮寄了出去，同时颇为自信地觉得那张支票会退回给我的。几天之后我大吃一惊，收到了保险公司的以下回函：

"**亲爱的先生：**收到您的投保申请和十五元的支票，谨此表示衷心感谢。在将您的情形与现代普通人的标准做了认真比较之后，我们很高兴接纳您为我们的一级风险投保人。"

借火柴

你或许以为在大街上向人借火柴是一件轻而易举的事。但任何一个曾在街上向人借过火柴的人，都会向你保证那绝不是件容易事，而且在听了我几天前的傍晚的经历之后，他们还会赌咒说我所讲的事绝对千真万确。

那天傍晚我站在一条街的拐角，手里拿着一支雪茄想点燃抽一抽，可是身上没带火柴。我便在那儿等着，直到有一个体面的普通汉子走了过来。于是我说：

"劳驾，先生，请您借根火柴给我使使好吗？"

"一根火柴？"他说，"噢，当然可以。"然后他解开大衣的扣子，把手伸进马甲口袋里摸索起来。"我记得我是有一根的，"他继续摸索，"而且我几乎可以发誓它是在下面的口袋里——噢，别急，话虽这么说，但我想也有可能是在上面的口袋里——请等一等，待我把这些小包先放到人行道上。"

"噢，不用麻烦了，"我说，"这没什么大不了的。"

"噢，说不上麻烦，我一会儿就找出来了。我记得我是有一根在身上某个地方的。"——他一边说一边把手指伸进一个又一个口袋——"可是，你瞧，这不是我通常穿的那件马甲……"

我发现那汉子激动起来了。"好了，没什么的，"我郑重其事地说，"既然不是您通常穿的那件马甲——嗨，那您就不用麻烦了。"

"等一等，噢，等一等！"那汉子说，"我身上的某个地方是有那么一根可恶的东西的。我猜一定是和我的表放在一起。不对呀，也不在这儿。等一等，我再摸摸大衣看。要是那个该死的裁缝会做一下就可伸进手去的口袋多好啊！"

现在他变得更加激动了。他已扔掉手杖，正在咬紧牙关摸索一个个口袋。"一定是我那该死的小儿子干的好事，"他用怨恨的声音说，"都怪他在我口袋里瞎折腾。妈的，回去我也许是该给他点儿好脸色！啊，我敢打赌，它是放在我的屁股口袋里。请你帮我把大衣的后边提起来一会儿，待我……"

"不用了，不用了，"我再一次郑重分辩说，"请别这么麻烦，那真没什么了不得的。我的确觉得您没有必要脱掉大衣，噢，请别把您的信件和东西那样扔在雪里，也别把您的口袋全部翻个底朝天！我请您，请您别踩在您的大衣上，也别把您那些小包给踩坏了。您用怨气冲天的声音抱怨和诅咒您的小儿子，我听了实在过意不去。别那样——请别那么狠劲地扯您的衣服。"

突然那汉子发出一阵狂喜的咕哝声，并且把他的手从大衣的衬里中抽了出来。

"我找到了，"他叫道，"给你！"然后他把它拿到了灯光下。

原来是一根牙签！

我一气之下抑制不住冲动，一把将他推倒在电车轮下，然后拔腿就跑。

一堂小说课

假设有那么一本打打闹闹的现代小说，你翻阅开头的几页，便看到青年中尉加斯帕德·德·沃克斯与意大利匪帮头子海尔瑞·汉克之间的恶斗，情节描写如下：

"显而易见，双方的实力相差悬殊。块头硕大的匪首大声吼着，吼声里夹杂着狂怒与轻蔑，他牙齿间咬着把匕首，头顶挥舞着利剑，气势汹汹地逼近他那无畏的对手。德·沃克斯看上去简直像一个尚未长全的毛小子，但是他站稳了脚跟，毫不畏怯地迎向他迄今为止战无不胜的进攻者。'天哪，'德·史迈斯惊叫道，'他输定了！'"

问：对上述打斗双方，老实说你情愿把赌注押在哪一方？

答：押德·沃克斯。他会取胜。海尔瑞·汉克会强迫他单膝跪下，随着一阵野蛮的"哈哈"狂笑，还会用匕首干掉他，但是德·沃克斯会突然出手绝杀（这一招是他在家里时从一本关于刺杀的书中学到的），并且——

问：好了。你答对了。现在，假定在书中稍后的部分你发现，德·沃克斯由于杀了海尔瑞·汉克，不得不背井离乡逃往东方。你不为他在沙漠中的安全担心吗？

答：坦率地说，我不担心。德·沃克斯会安然无恙。他的名字在书名里呢，谁都杀不了他。

问：那么，听听书中是怎么写的："埃塞俄比亚的烈日火辣辣地照在沙漠上，德·沃克斯骑上他那头忠实的大象，在茫茫沙漠中踽踽前行。他坐在高高的不祥坐骑上，四顾一片蛮荒。突然，地平线上出现一个孤零零的骑兵，接着出现了第二个、第三个，接连出现了六个。过了一会儿，这些零散的骑兵猝然出击，一起朝他围攻过来。'真主啊'的尖叫和火枪的射击声破空而来。德·沃克斯从他的不祥坐骑上跌落在沙地里，那头受惊的大象漫无目的地狂奔而逃。子弹击中了他的心脏。"

那么，对这个情形你怎么看？难道德·沃克斯还没被干掉吗？

答：很抱歉。德·沃克斯没死。没错，子弹是击中了他，哦是的，的确击中了他，但是子弹从一本家用《圣经》上一擦而过——这是他装在马甲口袋里供万一生病时急用的——结果打烂了他揣在屁股口袋里的几页圣歌，然后子弹又飞向德·沃克斯背包里的沙漠日记，在日记本上撞瘪了。

问：但假如连这都要不了他的命，在他被丛林里致命的毒虫叮咬之后，你得承认他也死到临头了吧？

答：完全正确。不过有一个好心的阿拉伯人，他会带德·沃克斯到酋长的帐篷去。

问：德·沃克斯会让酋长想起什么呢？

答：太好回答了。想起他失散多年的儿子，几年前失踪的。

问：这个儿子是海尔瑞·汉克吗？

答：当然是他。任何人都能看出来，但酋长对此毫不怀疑，并且给德·沃克斯疗伤。他用一种草药治好了他，那是一种平常的东西，平常到令人吃惊，只有酋长知道它的妙用。用了这种药草后，酋长没有再用别的。

问：酋长会认出德·沃克斯穿的那件外套，海尔瑞·汉克的死会导致节外生枝。这最后会致青年中尉于死地吧？

答：不会。到这时候，德·沃克斯已意识到读者知道他不会死，便下决心离开沙漠。他不时地想到他的母亲，还想念他的父亲，那个头发苍白、弯腰驼背的老头——他是不是还驼背呢，或者压根儿不驼了？当然，有些时候，他也想念另一个人，一个比他父亲漂亮的人，她是他的——但不说你也明白，反正德·沃克斯于是就回了皮卡迪利的老家。

问：德·沃克斯回到英格兰后，又会发生什么呢？

答：会发生这样的事情："十年前离开英格兰时，他还是一个毛头小男孩，如今回国时他已是一个皮肤晒得黑里透红的英俊汉子。那个笑盈盈地走上去迎接他的是谁呢？莫非就是那个姑娘，儿时和他一起玩耍的那个活泼可爱的女孩？她是否已出落成一个优雅无匹的妙龄女郎，而且英国贵族有一半拜倒在她的裙下向她求婚？'这真是她吗？'他惊讶地问自己。"

问：是她吗？

答：噢，当然是她。是她，还有他，是他们俩。女孩等了五十页才出场，可不是白等的。

问：你显然会猜想，青年中尉和那个长着一双大脚的美丽无比的女孩，他们之间接下来准会有一场恋爱故事。不过呢，你是否想象过它发展得顺顺利利的，压根儿没啥曲折的情节值得写进书里呢？

答：根本不是。我确信，既然小说的场景已慢慢转向伦敦，除非作者描述以下著名情节，否则他是决不会心满意足的："他所遭受的意想不到的打击太残酷了，弄得他昏头昏脑的，根本意识不到他的脚步迈向哪里。加斯帕德·德·沃克斯就这样在黑暗中信步游荡，从一条街荡到另一条街，最后发现自己到了伦敦桥上。他斜倚护栏，俯视着下面漩涡涌动的河水。河水那看似停滞、实则湍涌的奔流中有某种东西在召唤他，在引诱他。一了百了，不是吗？可他又珍惜人生，日子该怎么过呢？加斯帕德·德·沃克斯迟疑了，一时不知如何是好。"

问：他会投河自尽吗？

答：咳，说你不理解加斯帕德嘛。他会耗上一阵子，犹豫不决到最大限度，然后，经过剧烈的内心挣扎，会鼓足勇气并迅速离开大桥。

问：拒绝投河的内心挣扎，一定艰难得要命吧？

答：噢！够要命的！我们大多数人意志太脆弱，恐怕早就跳下去了。但加斯帕德·德·沃克斯意志力非凡。另外，他还有些酋长的药草；他含在嘴里嚼着。

问：德·沃克斯到底发生了什么事呀？他是不是吃了什么东西呢？

答：不，他什么也没吃。跟那女孩有关。打击降临了。她不喜欢晒太阳，不在乎晒黑的人；她即将嫁给一个公爵，青年中尉出局了。真正的麻烦是，现代小说家已经超越有情人终成眷属的模式。他要写的是悲剧，要让人生磨难无数，令人愁肠寸断。

问：那书怎么结尾呢?

答：噢，德·沃克斯会重返沙漠，会搂着酋长的脖子，并发誓要做他的第二个海尔瑞·汉克。末尾会出现沙漠的大场面：酋长和他新近得到的儿子坐在帐篷门口，夕阳在金字塔背后渐渐西落，德·沃克斯的忠诚的大象躺在他的脚边，默默地抬着头深情地凝视着他。

赈济亚美尼亚人

最近六个月以来，杜格维尔教区教堂的财务处境变得越来越糟。教堂的人们忧心忡忡的，希望发起一次全市性的公共募捐，以赈济生活悲惨的亚美尼亚人，而为达到这一目的，他们决定举办一系列特别的晚祷仪式募集善款。为把晚祷仪式搞得有声有色，也为刺激人们慷慨解囊，他们买了一台新的管风琴放在教堂里。为支付管风琴的价款，他们决定以牧师住宅作抵押向人贷了款。

为支付抵押贷款的利息，教堂的唱诗班在市政大厅举办了一场圣歌会。

为支付市政大厅的场租费，互助工友会在主日学校举办了一次联欢会。为支付联欢会的费用，教区牧师以幻灯图解的方式，做了一场题为《意大利今昔谈》的公开演讲。为支付幻灯的租金，副牧师和教堂的女士们又举办了一些业余演唱会。

最后，关于演出服的租金，教区牧师觉得应当由他来负责，就不用麻烦副牧师了。

这便是教堂目前面临的财务困境。他们眼下首先想做的，是募捐够多的钱去买一块合适的金表，以表彰副牧师的贡献。在这之后，他们希望有能力为亚美尼亚人做点儿什么。在此期间，当然，亚美尼亚人，住在城里的那些，也够伤脑筋的。首先，为业余演唱出租演出服的那个亚美尼亚人，一定得跟他结账。然后是卖管风琴的那个亚美尼亚人，还有出租幻灯的那个亚美尼亚人，他们都迫切需要救济。

最急需救济的是对牧师住宅享有抵押权的那个亚美尼亚人；的确，在那些特别的晚祷集会上，当牧师代表受苦受难的人发出激情澎湃的募捐呼吁时，与会的人都能感受到牧师所指的就是这个人。

在此期间，一般公众捐款的进展不是很快，但远在街道那一头的那家大酒吧的老板，还有那个叼短雪茄的杜格维尔娱乐城老板，他们的捐赠还是蛮慷慨的。

平淡生活研究：乡村旅馆

乡村旅馆地处主街当阳的那一边，它有三个入口。

前面有个入口通往酒吧间。侧面有个入口叫女士门，它从那个侧面通往酒吧间。还有一个正门，它经过大堂通往酒吧。

那大堂就是酒吧间的门和雪茄柜之间的空间。

大堂里有一张桌子和一本登记簿。登记簿上登记着来客们的姓名，还有一些显示风向和气压的记号。新来的顾客正是先在这里耗着，等到有时间才打开通往酒吧间的门进去。

酒吧间构成旅馆最大的部分。它使得旅馆有模有样的。附属于酒吧的是楼上的一系列卧室，其中多数有床铺。

酒吧间的墙壁在各个方向都开了窗，上面装着活板门。饮料便是从其中一个窗递进后面的酒吧间的。其他的窗是饮料进入走廊的通道。饮料还通过地板和天花板输送。饮料一旦进来就决不会出去。酒吧老板站在酒吧间的门口。他重达两百磅，脸如油灰般毫无表情。他醉醺醺的。他已经醉了十二年。这对他毫无区别。吧台后面站着那个酒吧招待。他穿着柳条袖衣服，头发卷曲着有如钩子，他的名字叫查理。

吧台附设有一个气压啤酒泵，酒吧招待利用它可以让吧台啤酒横流。

然后他会用抹布抹掉啤酒。他正是用这种方式把吧台擦得亮亮的。啤酒泵压出来的啤酒有一部分溅进杯子，只得把它卖掉。

酒吧招待身后是一台叫作收银机的机器设备，重重地敲它一下，它就会发出一阵铃声，竖起一张写着"没有销售"的卡片，并打开一个抽屉，供酒吧招待从其中找钱。

墙上张贴着各种饮料的价格和关税率。

内容如下：

啤酒…………5 分

威士忌…………5 分

威士忌加苏打…………5 分

啤酒加苏打…………5 分

威士忌加啤酒加苏打…………5 分

威士忌加蛋…………5 分

啤酒加蛋…………5 分

香槟…………5 分

雪茄…………5 分

雪茄，特供精品…………5 分

所有的计价都以此为基础，并且都精确到小数点后三位数。每次喝到七杯就记到旅馆账上，不需要付钱。

酒吧间要到子夜才打烊，只要里面有够多的顾客。假如不够人数，酒吧老板就会等下一个更好的机会。常常酒吧间有多达二十五人，打烊得谨小慎微的。如今，还有所谓本地优选旅馆。这些旅馆只有一个门，直接通往酒吧。

拿警察霍根做个实验

  史盖伯先生坐在《日蚀报》的记者办公室书写着。报纸已拿去付印，他独自待着；作为一个任性却有才情的绅士，这位史盖伯先生被《日蚀报》聘用，担任从笔迹看性格的分析师。任何订户提交笔迹样品，史盖伯先生都能迅速作出分析，用敏捷的笔使其性格跃然纸上。这位文学天才身边有一小叠信件，他正在对它们大显身手。室外一片漆黑，还下着雨。市政厅的钟显示是凌晨两点。报社办公室门前，警察霍根在郁郁寡欢地来回巡逻。霍根身上湿淋淋的，苦不堪言。一位穿牧师服的晚归的绅士，离开病床后正走在赶回家的路上，他对霍根投去同情的一瞥，哆嗦着走了过去。霍根目送那个身影渐行渐远；然后他掏出一本笔记本，在《日蚀报》大厦门口的台阶上坐下，借着煤气灯的光写了起来。喜欢熬夜的绅士们往往想知道霍根和他的伙伴们在小笔记本上写了些什么。以下便是警察霍根的大拳头弄出的字句：

  "凌晨两点。一切都好。上面史盖伯先生的房间亮着盏灯。夜湿漉漉的，我不开心，还睡不着——我失眠的第四个晚上。形迹可疑的人刚走过去。唉，我的生活多郁闷！天简直永远不会亮！哦，湿淋淋的，湿淋淋的石头。"

  史盖伯先生也在楼上书写，以靠专栏赚钱的人特有的漫不经心流利地书写着。他正在敏捷而巧妙地分析着。记者办公室阴沉而荒凉。史盖伯先生生性敏感，周遭的阴郁氛围令他沮丧。他打开一封读者来信，仔细审视了一下笔迹，同时打量房间四周寻找灵感，然后开始下结论：

"G.H.，你性情沮丧、寡欢；你的环境压抑了你，你的生活充满无尽的悲哀。你觉得你没有希望——"

史盖伯先生停歇片刻，再次环顾房间，目光投向一个打开的橱柜，最后盯着隔板上一个高高的黑瓶子看了一会儿。然后他继续写道：

"——你已丧失对基督教、未来世界和人类美德的全部信念。你面对诱惑很脆弱，但你性格中有一丝险恶的固执，当你下定决心要拥有什么东西时——"

史盖伯先生到此突然打住，他往后推开椅子，穿过房间直奔橱柜。他从隔板上拿起那个黑瓶子，把瓶口直送到双唇上，一动不动保持了一阵子。然后他转回去完成对 G.H. 的性格分析，匆匆写下以下文字：

"总的来说我建议你坚持下去；你做得很好。"史盖伯先生接下来的举动很古怪。他从橱柜拿了一卷细绳子，大概有五十英尺长，把绳子的一端系在瓶颈上。他走向窗户之一，打开窗户，俯身出窗，轻声吹了吹口哨。警察霍根在楼下人行道上巡逻，他那警觉的耳朵听到了口哨声，他做了回应。绳子尽头的瓶子降下去，和平卫士把它连到了他的喉咙上，于是警察和文人就通过一根同情之绳相连相慰了一阵子。体验过史盖伯先生那种多彩生活的绅士们发现，与法律的左膀右臂交好妙不可言，且这类相连相慰没有什么不正常。史盖伯先生把瓶子拉上楼，关好了窗户，然后又回头干他的活儿；警察则继续他的巡逻，因得到内在的满足而容光焕发。一眼瞥见市政厅的钟，他又在他的笔记本里记了一条。

"两点半。一切更好了。天气转暖，空气中有一股初夏的味道。史盖伯先生的房间亮着两盏灯。什么都没发生，没啥值得提请巡官注意。"

楼上诸事也好转了。性格分析师打开第二个信封，以挑剔却仁慈的目光审视着笔迹，带着更心满意足的神情书写道：

"威廉·H.，你的笔迹显示，你虽然性情天生忧郁，却也能够及时行乐。你有过不幸的遭遇，但你已下定决心看事物的光明面。恕我冒昧直言，你对酒情有独钟，不过你饮酒还算有节制。你可以确信，这样有节制的喝酒丝毫没有害处。它能激活心智，增进各种技能，还能唤醒想象力，让人过得活力四射、快乐无限。只有在喝酒过度时——"

在这一节骨眼上，原本一直在快速书写的史盖伯先生，显然变得情不自禁。他从椅子上跃起，在房间里奔走了两三圈，最后才转回座位去完成他的分析："唯有在饮酒过度时才有害处。"

史盖伯先生沉浸于被激发的思绪中，并对如何节制饮酒以免于酗酒做了解说，然后在欢快的相互问候中把那个瓶子降到了楼下的警察霍根手里。

时间半小时、半小时地过去。分析师忙不迭地书写，感到他写得文采斐然。来函的读者们的性格，在他敏锐的目光下一览无余，并且从他的妙笔下汩汩流出。他时不时地停顿片刻，诉诸他的灵感之源；他的仁慈又促使他迅速把那种灵感传递至警察霍根。这个法律的宠仆现在巡逻起来神情自若，已远不止是沉稳了。一个形单影只的中国佬，从他的午夜洗衣店晚归回家，快步走了过去。由于跟楼上那个天才人物的交往，霍根的文学本能得以茁壮成长，一看到那个踽踽独行的中国人，他就抓住良机在笔记本上写了起来：

"四点半。一切简直妙不可言。史盖伯先生的房间亮着四盏灯。天气温暖而芳香，远方像发生地震，走路得格外小心才可能站稳。两个中国佬刚走过去——是满清官人吧，我想。他们走起路来摇摇晃晃的，但他们表情和蔼，足以打消怀疑。"

在楼上的办公室里，史盖伯先生已拿起一封读者来函，看来这个人令他特别开心，因为他分析性格时候容光焕发，面带满意的微笑。在外行人看来，来函的字迹端端正正的，有棱有角，仿佛出自一个老处女之手。不过史盖伯先生似乎另有高见，因为他写道：

"多罗西娅姨妈。您有一种欢快、嬉闹的天性。有时候你兴头一上来，就会狂野不拘地恣意撒欢，不是大声叫喊，就是放声歌唱。你对亵渎行为如痴如狂，你完全觉得那是你天性的一部分，觉得你不能克制它。世界对你来说是一个很明媚的地方，多罗西娅姨妈。过不久再写信给我吧。我俩的心好像是同一个模子铸出来的。"

史盖伯先生好像觉得还没有足够公正地对待分析对象，因为除了要见报的分析文字，他在给多罗西娅姨妈写一封长长的私信。到他写完时市政庭的钟已指向五点，而警察霍根则在他的大事记中添加了最后一条。为了更加舒服，警察霍根已在《日蚀报》大楼门口的台阶上坐下来，握着拳头缓慢而悠闲地写道：

"另一根指针指着北方，第二长的指针指向东南偏南。我推断是五点钟。史盖伯先生房间的电灯亮得刺眼。巡官过去了，他已检查过我的夜间大事记录。它们都令人满意，它们的文字表达令他高兴。我所担忧的地震减弱了，变成了一阵阵微弱的振动，已震不到我坐的地方——"

降下的瓶子打断了警察霍根的思绪。写给多罗西娅姨妈的那封长信已使史盖伯先生的激情冷却下来。深浓的羞红已从他的心上褪去，他一再竭力去恢复它，却无能为力。为了给警察霍根一个相似的机会，他决定不立即把瓶子拉上去，而是让霍根来掌控它，与此同时他则去分析另一个来函者的性格。在一个没有经验的人看来，这封信的笔迹想必是出自一个十多岁的羞怯的小姑娘之手。史盖伯先生不会为表面现象所惑。他对那封信悲哀地摇了摇头，写道：

"艾米莉小姑娘，你领略过莫大的快乐，但它现在逝去了。灰心丧气驱使你借酒忘愁。你的笔迹显示，你已进入酗酒的最糟阶段。我担心你很快会患上震颤性谵妄症。可怜的小艾米莉！别试图摆脱；为时已晚。"

史盖伯先生显然受到了通信对象的不幸状况的影响。他的眼睛湿润了，他决定把瓶子拉上来，以便及时拯救警察霍根，免得他染上酒瘾。他惊讶、震惊地发现，拉瓶子的尝试纯属徒劳。那个法律的宠仆已经沉沉睡去，那瓶子还牢牢抓在他手里。深感困惑的性格分析师让绳子落了下去，然后转回头去完成他的任务。现在只需要几行文字就可以填满专栏了，但史盖伯先生查看来函，发现他已经穷尽所有的分析对象。不过，这样的情形是时常发生的，不会在这个天才人物的心里造成窘迫之感。在此类情况下，他惯常的做法是用一两个想象出来的人物来填补空白，对这种人的性格分析是他最得心应手的。他低下头来思索了片刻，然后写出了以下文字：

"警察 H。你的笔迹显示出非凡的坚定；一旦认定某个东西，你不会轻易动摇。但是你有一种卑劣而又贪婪的性情，一种超越本分索取的倾向。你已形成一种你希望持续终生的痴迷，但你的自私有导致依恋被割裂的危险。"

写完这些文字，史盖伯先生整理好手稿供印刷工第二天使用，然后他戴好帽子并穿上外衣，在早晨的微光中踏上了回家之路，感觉他的报酬已经到手了。

诗人的消亡

在或许可以称作集体心理学的领域，相关研究与眼下这个时代的精神是基本同步的。通过研究各种心理倾向（或称为心智习惯）——不是将其作为不同个体进行考察，而是作为一个种族、社区或群体的成员予以研究——展现在我们面前的是一片沉思冥想的丰饶之地，只可惜它几乎未得到开发利用。因此，回顾一下在这个年代诗歌本能与心智发展的关系，估计会颇有收益。

在我们这个时代的心理演变中，最值得关注的一个特征是诗歌的消失。写诗的艺术，或者更确切点儿说，写诗的习惯，正在离我们远去。诗人注定走向灭绝。

对一个心智训练有素的读者来说，首当其冲的困难会立即显现出来，那就是诗歌的意义何在的问题。但是没有必要为术语的定义闪烁其词，可以简明扼要地称之为用富于隐义的词语表达简单真理的艺术，所用词语可多可少，可以押韵或者不押韵。

必须指出，诗人和文明一样古老。希腊人中就有诗人，他通过跺脚踩出他的抑扬格音步。罗马人对他也相当熟悉——他无休止地用音节玩变戏法，长音配短音，短音配长音，就这样写作六音步诗行。现在这可以通过电来完成了，但罗马人对电一无所知。

不过眼下我的目标不是谈论更久远、更原始的某个时代的诗人们。涉及我们面临的话题，比较一下我们这个时代和前面那个时代就够了。我们只需将我们自己与维多利亚早期的先辈们做一个比较，便能对公众情感所发生的深层革命有所认识。惟有经过一番努力，二十世纪的人们才能凭实实在在的常识，认识到早先一代人的多情善感到了何等过分的地步。

在那些日子里，诗歌享有极高的地位，受到普遍的尊崇。父母会给他们的孩子读诗。孩子们会对父母背诵诗歌。的确，除非是一个笨蛋，凡是人都会至少声称，在闲暇时光他会诗兴勃发，让韵文自发地从羽毛笔流溢而出。假如有人对大约六七十年前的诗歌创作量做个统计，其数额之巨简直让人难以置信。在期刊和杂志上诗歌比比皆是。编辑们对诗歌鼓励有加。连日报社都对诗情有独钟。爱情曾在自产自销的诗节中叹息。爱国主义曾因议员竞选诗兴大发，或者为一项法案欣喜若狂，把六音步诗歌咏颂得惊天动地。就连悲伤的死亡都以优雅的挽歌表达对永恒睡眠的爱慕之情。

的确，在那个时代，我不知道原因何在，上流社会被一种固执的臆想蛊惑，即认为：大凡有才华之人，有义务时不时地用诗文抒情言志。任何特殊的情形，无论是兴高采烈或意气风发，还是精神悒郁或内心扭曲，或者是自我反省，都足以让诗歌应运而生。因此我们能读到有关沮丧的诗、有关反省的诗、有关吞咽的诗、有关消化不良的诗。

任何特殊的心理困扰都足以激发写诗的雅兴。诗文的风格与特点因激发诗兴的原因不同而异。一个放纵饕餮之欲的绅士，会吟诵简短的打油抒情诗表示自我节制，诗中会用"豪饮"和"心灵"随兴押韵。早晨的消化不良所激发的灵感，能让一首长长的哀歌诞生，其中有"坟堆"对"泪水"，"亡魂"对"墓门"，把悲伤渲染得有声有色。政治人物则时不时地对国家对他的赏识表达感激之情，于是以歌咏作为回报："嗬，阿尔比昂啊，从泪海中奋起吧！"这样的诗至少写作动机是可嘉的。

然而，那不过是一种臆想，一种纯属虚构的义务，是由多情善感的社会强加给自身的。显而易见的事实是，对维多利亚早期的人们来说，诗歌灵感的降临并不比对你我之辈来得更容易或更自然。思春之人拨动他那不解风情的竖琴，一连弹拨几个小时找音韵，合适的韵脚却始终没有出现；政治人物对他那厚重的六音步诗行锤炼了很久很久，他的阿尔比昂才在他的"嗬"呀"啊"呀之中最终成形；而沉醉于啤酒的餐桌豪杰绞尽可怜的脑汁，才得以恢复神志炮制欢乐的酒瓶小谣曲，而那本该是像爱神一样从香槟酒的泡沫中冉冉升起的。

关于这一事实，我手头有一个揪心的证据。那便是那个年代的一位绅士用来记录精短妙句的笔记本。上面写道："美丽的莉迪亚，我世俗的竖琴若是……"这个句子被划掉了，下面出现了另一句："美丽的莉迪亚，我世俗的竖琴能否……"这句又被涂掉了，下面出现了一句："美丽的莉迪亚，我世俗的竖琴该不该……"这句还是被气急败坏地废掉了，修改文本为："美丽的莉迪亚，我世俗的竖琴有没有……"如此这般，最后在《绅士杂志》（1845）刊登时，诗行的定稿文本成了："美丽的莉迪亚，当流畅的笔……"等等，等等。——你可以看出，那支流畅的笔是从何等令人绝望的冻结中被不屈不挠地营救了出来啊。

毫无疑问，维多利亚早期的人们心理过敏刻意予以拔高，这无论对公德还是私德都造成了有害影响。在很多实例中我们能检测出早期麻痹性痴呆的症状。泛滥的情绪发作所反映的常常是一种病理特征。看见一朵雏菊、一片枯叶或一块被翻开的草皮，诗人的心理平衡好像就被打破了。春天让他烦恼。羔羊令他忧伤。花朵惹他哭泣。水仙花使他大笑。白天令他目眩。黑夜则让他恐惧。

这种被拔高的心理过敏，外加对最浅显的自然科学原理的应受处罚的无知，使得诗人对水鸟的飞翔或云雀的歌唱异常敏感，因此他看到的东西超乎寻常。他抱怨说他能听到东西，而不是看到它——科学观察者对这一现象已司空见惯而不予置评。

在这样的心境下，会出现最不合逻辑的推论。有个人曾说黎明的辉光向他昭示他的灵魂是不朽的——其实那辉光很容易解释，那不过是地球运转的结果。他进而宣称，在他人生的早期，他的身后拖曳着明亮的云朵呢。这是荒谬的。

在很多实例中，这样扎根于神经系统的困扰，是同诸多心理失常结伴而行的，涉及金钱事务时尤其如此。"别送我丝绸，也别送靓衣，"那个时代的一位诗人向英国公众恳求道，"黄金违我意，珠宝不稀奇。"诗中显然隐含一种幻觉，即该诗的作者将成为一笔巨额的秘密捐助的受赠人。的确，诗人气质中常见的一个特征便是拒绝受赠黄金的真诚欲望。对哪怕是接受一捧黄金的深深厌恶，通常是与对一大口纯净水或一整夜安眠的渴望形影不离的。

　　远离那种思想和言语上的过度的多情善感，而转向我们这个时代的务实而简明的行文风格，是一件开心的事情。我们已经学会用简单得多却同样有力的方式表达自己。为说明这一点，我从先前那个时代的诗人们和今天的散文作家们那里搜集了一些表达同样意思的段落，两者或许能形成鲜明的对照。以下例子出自诗人格雷之手，如今的学者们对他仍然熟悉："带装饰画的骨灰瓮或逼真的半身雕塑，能否召唤飞逝而去的呼吸回归故里；荣誉的声音能否唤醒那沉寂的尘土；恭维能否让死亡迟钝的冷耳感觉到暖意？"

　　而赫胥黎的《生理学》却以更现代的方式表达了显然类似的思想，尽管表现形式有所不同：

　　"关于死亡之后心脏的心室能否因氧气的人工刺激恢复搏动，对此问题我们必须给出确定的否定答案。"

　　相比格雷的大费周章，这样的表达简明得多，也高明许多！赫胥黎抓住了诗人的思想核心，其表达颇显精密科学的尊严与精确。

　　即使会冒不必要的重复的风险，我也禁不住要再引用一个实例，那就是诗人彭斯的诗。那用方言写就的诗文是打着饱嗝完成的，要重新创作非常困难。它描写的是一个佃农星期六回到家里的现场情景："晚餐结束，欢快转为严肃，全家人围成一圈面对着壁炉；男主人一脸家长的庄重神情，打开了祖传的大开本《圣经》；他的帽子被恭敬地放在旁边，他灰色的脸颊显得瘦俏可怜；那些甜蜜的圣歌曾在锡安山回荡，而今他虔敬地精选了一段来吟唱。①"

我现在从《丹弗瑞斯记事》（1909 年 10 月 3 日）的警方新闻里中找到一个几乎相同的场景，措词还更贴切："显然那个犯人是在通常时间返回住处的，开心地享用了一顿饭之后，他在栎木凳上坐了下来，看上去是为了读读《圣经》。正是在他这样做的时候他被逮捕了。"这两段叙事几乎完全一样，唯一稍有不同的是彭斯省略了逮捕的情节，而那首诗歌的大趋势足以保证逮捕是难免的。

关于以上我说的一切，我不希望被人误解。我坚信诗人注定会消亡，但我绝不是加速其消亡的人之一。实施法律救济或适用刑法的时候还没有到来。即使在某些冥顽不化的实例中，确实能看出存在涉及植物、动物和自然现象的明确的幻念，我们最好还是什么都不做，以免导致错误而追悔莫及。不可避免的自然进化，会以自己的方式塑造人类的思想模型，我们还是顺其自然为妙。

---

① 此处诗文引自英国诗人彭斯的《佃农的星期六夜晚》。

白手起家的人

　　他们俩都是我们通常听说的成功的生意人——两人都肥头大耳的，香肠一般的手指上戴着沉甸甸的图章戒指，身上穿着宽松舒适的马甲，腰围足有一码半长。他们俩对坐在一家一流餐馆的餐桌边，一边等待者前来点菜，一边神叨叨地聊起天来。他们的谈话很快就扯到了过去的日子，各自谈起了他们当年初到纽约时是如何如何创业的。

　　"告诉你吧，琼斯，"其中一个说，"我永远也忘不了我刚来这个城市的头几年。真的，那段时间实在是太艰难了！你知道吧，先生，我初到此地时，我名下的所有财产不超过一毛五分钱，除了身上穿的那身烂衣服我再也没有别的了，而我不得不借以过夜的地方——你准会不相信，可那是千真万确的——是一个空荡荡的沥青桶。不，先生，"他往后一仰，闭上眼睛，露出感慨万千的表情，继续说，"你不会相信的，像你这么一个过惯了养尊处优日子的人，是绝对不明白睡在沥青桶里是怎么回事的，诸如此类的事和你没缘。"

　　"我亲爱的罗宾逊，"另一个人立即回敬道，"假如你凭空想象，以为我从没经历过那一类磨难，那你就犯了有生以来最大的错误了。哼，刚到这个城市的时候，我一分钱都没有，先生，一分都没有。而说到住处，我度过一个又一个月的栖身之所只是巷子深处的一个旧钢琴箱，而且是在一家工厂背后。说到受苦，我可以说我已受够了！你找上一个在暖暖和和的沥青桶里住惯了的人，让他在一个钢琴箱里熬上一两天，那你很快就会发现——"

"我亲爱的伙计，"罗宾逊有点儿恼火地打断了对方的话，"你这么说只说明你对沥青桶是怎么回事一无所知。嗨，在冬天的夜晚，你把你的钢琴箱一关好，要多暖和就有多暖和，而我却怎么也睡不着，得忍受从背后灌进来的缝隙风，冷得直打哆嗦。"

"缝隙风！"另外那个男人讥笑道，同时发出一声愤懑的大笑，"缝隙风！别跟我扯什么缝隙风。我所说的那个钢琴箱有一块该死的板整个儿都是缺的，而且那个缺口是朝北的。夜里我常常呆坐在里面沉思默想，一夜下来吹进箱里的积雪足足有一尺厚。不过嘛，先生，"他以更平静的语气继续说，"尽管我知道你不会相信，我还是要承认，我有生以来最快乐的时光正是在那个破箱子里度过的。啊，那些个日子真是美好！欢乐、天真的好时光！我可以告诉你，早上从那里醒来时，我常常慷慨激昂地大声叫喊。当然，你恐怕是没法忍受那种生活的——"

"没法忍受！"罗宾逊气冲冲地叫道，"我没法忍受！老天作证！我生来就是过那种日子的。我到现在都还希望能重温一下过去那种生活哩。吹什么天真！哼，我赌你当年的天真不及我的十分之一，不，不及五分之一！不及三分之一！过去那段时光真是棒极了！你尽可以发誓说这是该死的谎言，死也不相信它——但我永远会记得，有好多个夜晚，我的两三个伙计来沥青桶里拜访我，我们围坐在一起玩牌，点着蜡烛一直玩到半夜。"

"两三个！"琼斯大笑着说，"哼，老兄，我的客人有五六个，我们坐在我的钢琴箱里吃晚饭，吃完后接着玩牌。对，还有猜字哑谜，还有罚金游戏，还有其他各种要命的游戏。那种晚饭吃起来可真来劲儿！说实话，罗宾逊，在这个城里，像你们这种被好日子惯坏了消化功能的人，根本没法理解一个人怎么能安坐下来津津有味地吃一点点儿土豆皮，或是一点点儿馅饼渣，或是——"

"要说粗劣食物，"另一个人打断说，"我敢说我最清楚不过了。有多少次，我早上吃的是别人准备从后门泼出去的一点儿冷粥，或是我去车马店讨来的一点儿他们准备用来喂猪的糠渣。我敢说我吃过的猪食多得多——"

"猪食！"罗宾逊咆哮起来，恶狠狠地用拳头捶桌子，"我告诉你，猪食绝对更适合我——"

他突然吃惊地打住了话头，同时发出像猪似的咕噜声，因为侍者已过来问他们点什么吃了："你们想吃点儿什么呢，先生们？"

"吃什么！"在沉默了片刻后，琼斯说，"吃什么！噢，吃什么都行，什么都不吃也行——我对吃什么从不在乎——给我一点儿冷粥吧，假如你们有的话，要不就来一块咸肉——你爱上什么就上什么，对我来说都一样。"

侍者脸色漠然地转向罗宾逊。

"你也可以给我来点儿冷粥，"他说着挑战似的瞟了琼斯一眼，"要昨天剩下的，要是你们有的话，再来一点儿土豆皮和一杯脱脂牛奶。"

一阵沉寂。琼斯坐回他的椅子里，板着脸看着罗宾逊。有那么一个片刻，他们俩彼此虎视眈眈地瞪着对方，火药味十足。然后罗宾逊在座位上慢慢地转过身子并招呼那个侍者——他正一边走一边喃喃叨唠他们点的菜名。

"喂，服务员，"他怒容满面地叫道，"我看菜单得稍微改一下，我要把冷粥改为——呃，对了——要一小块热松鸡。还可以给我上一份或两份半壳牡蛎，还要一点儿汤（假鲜龟汤或清炖肉汤，什么汤都成），还可以上一点儿鱼，一点儿斯蒂顿干酪①、一颗葡萄或一颗核桃。"

侍者又转向琼斯。

"我想我也点同样的，"他简简单单地说，然后又补充了一句，"另外再给我上一夸脱②香槟。"

如今，琼斯和罗宾逊见面的时候，对沥青桶和钢琴箱的回忆早已被他们忘得一干二净了，就像盲人的房屋被山崩埋得无影无踪一样。

---

① 斯蒂顿干酪，一种英国产的上等干酪。
② 夸脱，液体容积单位，相当于四分之一加仑。

话不投机

本篇所述显示，以下对话或许能永远根除客厅魔术师玩变戏法成瘾的毛病。

在打完惠斯特牌之后，客厅魔术师已狡猾地把整副牌抓在手里，说道：

"见过纸牌变戏法吗？我给你们来一个，蛮棒的；拿一张牌吧。"

"谢谢了，可我不需要牌。"

"是不需要，但还是拿一张牌吧，你爱拿哪张是哪张，我会说出你拿了哪一张牌。"

"你说出谁？"

"不，不是；我的意思是，我会知道你挑的是哪一张牌，你明白吗？来吧，挑一张吧。"

"我挑哪张都行吗？"

"是的。"

"无论什么颜色？"

"是的，是的。"

"任何花色都行？"

"噢，是的；快挑吧。"

"那好，让我想想，我就——挑——黑桃 A。"

"天哪，我是说你要从整副牌里抽出一张来。"

"哦，从整副牌里抽出一张来！现在我懂了。把牌给我吧。好了——我抽了。"

"你抽了一张了？"

"是的，是红桃 3。你知道了吗？"

"见鬼！别告诉我呀。你搞砸了。得了，再来一回。挑一张牌。"

"好了，我挑了。"

"把它插进牌里。谢谢！（洗牌，洗牌，洗牌——翻牌）——瞧，是这张吗？"（得意扬扬）

"我不知道。我没看清楚。"

"没看清楚！见鬼，你得好好看，看清是哪张牌。"

"哦，你要我看牌的正面呀！"

"嗨，当然是！好了，现在挑一张。"

"行了，我挑好了，你继续吧。"（洗牌，洗牌，洗牌——翻牌）

"喂，活见鬼，你那把那张牌放进这叠牌了吗？"

"哦，没有，我拿着呢。"

"天哪！听着。挑———张牌——只一张——看好它——看清是什么牌——然后把牌再插回来——你明白吗？"

"噢，全明白了。只是我不明白你怎么玩花样。你的手法一定妙得要命。"（洗牌，洗牌，洗牌——翻牌）

"好了；这就是你那张牌，对吧？"（关键时刻到了。）

"不对，不是我那张！"（这是弥天大谎，但老天爷会饶过你的。）

"不是那张！！！哎哟——等一等。听着，再来一回，这回要看清你要的什么牌。告诉你吧，我玩这该死的变戏法，从没失过手。跟我爸变过，跟我妈变过，跟到我家的每个人都变过，从不失手。挑一张牌吧。（洗牌，洗牌，洗牌——翻牌，砰。）得了，这就是你那张牌。"

"不是。对不起。不是我拿的那张牌。不过呢，你愿再试一次吗？劳驾再来一次。也许你有点儿激动——也恐怕我太笨了。要不你先去后面的走廊，在那儿自己坐半个小时，然后再来试试？你非得赶着回家吗？哦，真不好意思。这个小小变戏法一定妙得要命。晚安！"

回到丛林去

我有一个叫比利的朋友是"丛林癖"。他的本行是行医，因此我觉得他根本没有必要去野外歇宿。在通常情况下，他的心智看来是健全的。当他向前弓着身子和你说话的时候，从他的金边眼镜上方流露出的唯有和蔼与仁慈之光。像我们其他所有人一样，他是一个极其有教养的人，或者说，在他把教养完全忘掉之前，他是这么一个人。

我感觉不出他的血液中有任何犯罪素质。可实际上比利的反常已到了不可救药的地步。他有一种"丛林露宿癖"。

更糟糕的是，他还经常癖性狂发，硬拖朋友们和他一块儿到丛林深处去。

无论何时我们碰到一块儿，他所谈的总是去丛林露宿的事。

前不久，我在俱乐部碰到他。

"我希望，"他说，"你能跟我一起到盖提诺①去消遣消遣。"

"好呀，但愿我能去，可我并不想去。"我在心里自言自语，可是为了让他高兴高兴，我说：

"我们怎么去呢，比利，是坐汽车还是火车呢？"

---

① 加拿大一河名。

"不，我们划船去。"

"那岂不是要一直逆流而上？"

"噢，没错。"比利兴致勃勃地说。

"我们要划多少天才能到达那儿呢？"

"六天。"

"能把时间缩短点儿吗？"

"可以，"比利回答说，他觉得我已开始进入角色，"要是我们每天早上天还没亮就开始划，一直划到天黑，那我们只需五天半就可以到了。"

"天啦！要带行李吗？"

"要带好多哩。"

"为了搬运这些东西，我是不是每次得背二百磅翻山越岭呢？"

"是的。"

"还要请个向导，一个脏兮兮的地地道道的印第安向导吗？"

"没错。"

"我可以睡在他旁边吗？"

"噢，可以，假如你愿意的话。"

"上了小山头之后，还要干什么呢？"

"呃，那我们就翻越那儿的主峰。"

"噢，是这样，是吗？那主峰是不是石壁嶙峋，有三百码高呢？我是不是得背上一桶面粉爬上去呢？它会不会在山那边滚下来把我砸死呢？您瞧，比利，这次旅行真是件壮举，不过它太壮伟了，我可不敢奢望它。要是你能划一条带雨篷的铁船带我逆流而上，能用一台轿子或象轿 ① 把我们的行装运到主峰，再用一台起重机把东西放到山的另一边，那我就去。否则，那就只好做罢了。"

比利灰心丧气地撇下我走了。但是此后他又为此事和我折腾了好几次。

他提出带我到巴底斯坎河上游去。可我在下游就感到心满意足了。

他要我跟他一同去阿塔瓦匹斯卡河的源头。我不愿去。

他说我应该去见识一下克瓦卡西斯大瀑布。可我凭什么应该去呢？

我向比利提了一个相反的建议：他穿过阿第伦达克山（坐火车）到纽约，再从那儿转车到大西洋城，再到华盛顿，然后带上我们的食物（在餐车里），去那儿（威勒德）露营几天，然后返回，我坐火车回来，他背着所有装备步行。

这事还是没有谈妥。

当然，比利只是成千上万"丛林癖"患者中的一员，而秋天则是这种病肆虐最凶的时节。

每天都有多趟火车北上，里面挤满了律师、银行家和经纪人，他们都是冲着丛林去的。他们的打扮有如海盗，头上戴着垂边帽，身上穿着法兰绒衬衫和有皮带的皮裤。他们能拿出比这些好得多的衣服来穿，可是他们不愿那样。我不清楚这些衣

---

① 象轿，驮在象背上供人乘坐的凉亭状座位。

服他们从哪里弄来的。我想大概是从铁路上借的。他们的膝间别着枪支，腰间挂着大砍刀。他们抽的是他们所能找到的最低劣的烟草，而且他们每个人的行李车上都带着十加仑老酒。

在互相说谎的间隙，他们靠读铁路上印发的关于打猎的小册子消磨时光。从容不迫却穷凶极恶地炮制这类东西，旨在激发他们的"丛林癖"，使之愈演愈疯。对这类东西我太熟悉了，因为我就是写这种东西的。比如说有一次，我全凭想象把位于一条铁路支线终点的一个叫狗湖的小地方胡吹了一番。那个地方作为居留地已经衰败了，铁道部门决定把它变成狩猎胜地。这种改头换面是由我实现的。我觉得我干得非常出色，我不仅给它重新命了名，而且还为这里生造了很多相应的玩法。那个小册子是这样写的：

"清澈的奥瓦塔威特尼斯湖（按当地印第安人的传说，此名意为：'全能的上帝的镜子'）盛产各种名鱼。它们就游在水面下很近的地方，钓鱼人一伸手就可以触摸它们。梭子鱼、小狗鱼、马鲛鱼、打油诗鱼和小鸡鱼①可真多，在水里你挤我挤你。它们常常飞速上蹿，一口咬住钓饵就朝岸上游来。在湖水的较深处，有沙丁鱼、龙虾、青鱼、鳗鱼和其他各种罐头鱼在自个儿悠游，显然一个个都自得其乐。而在清澈的湖水的更深处，还有狗鱼、猪鱼、傻瓜鱼②和旗鱼在永不停息地转着圈

---

① 打油诗鱼和小鸡鱼均为生造出来的鱼种，它们的读音与前面两种鱼名的读音尾音一样。这是作者在凑趣。
② 狗鱼，原文为 dog-fish，言为"星鲨"，作者故意按字面意思，把它理解为"狗鱼"，因而生造了猪鱼（hog-fish）和傻瓜鱼（log-fish），三者的原文读音相似，很有趣。

儿寻开心。

"奥瓦塔威特尼斯湖不仅仅是钓鱼爱好者的乐园。湖边的坡地上有大片大片长满古松的原始森林，经常有成群结队的熊走出森林来到湖畔。而当夜幕垂降的时候，森林里更是热闹非凡，麋鹿、驯鹿、羚羊、麝香牛、麝香鼠以及其他草食类哺乳动物的浅吟低唱不绝于耳。这些巨大的四足动物通常在晚上十点半钟离去，从这时到晚上十一点十五分，整个湖滨就归野牛和水牛了。

"午夜之后，充满渴望的狩猎者只要有雅兴，可以选择任何距离、任何速度，让豺狼虎豹把他们追得飞跑。这些野兽的凶狠可是出了名的，它们随时渴望撕下猎人们的裤子，把利齿扎进他们颤抖的肉里。猎人们，注意啦！这样的历险多迷人呀，千万别错过良机。"

我见过不少人——文静、体面、脸刮得干干净净的男人们——在旅馆的大厅里读我写的那个小册子，眼中流露出激动万分的光芒。我想准是关于虎豹之类的内容深深地打动了他们，因为我发现他们在读那个小册子的时候，禁不住用双手在自己身上磨来擦去哩。

当然，你可以想见这类读物对刚刚离开办公室、打扮得像海盗的男人们的头脑会产生什么作用。

他们一读就疯了，而且一疯就会没完没了。

看看他们进入丛林后的情形就知道了。

瞧那个富有的经纪人，他肚子贴地趴在灌木丛里，两个亮闪闪的眼镜片像两轮马车的车灯似的。他在干什么呢？他在追踪一只根本不存在的驯鹿。他正在"追踪"它，用他的肚子。当然，在内心深处，他本来是明白的，这里没有驯鹿而且从来就没有过；但是此公读过我的小册子，然后就发了疯。他没法不这样：他总得去追踪些什么呀。他是怎么爬行的。瞧，他爬过黑山莓树（非常小心，以至于驯鹿根本听不见树上的刺扎进他肉里的声音），接着他又爬过一个蜂窝，爬得那么斯文缓慢，就连蜂群向他发起猛攻时他都没有使驯鹿受到惊扰。多棒的森林技巧！是的，再好好观察他一下。你爱怎么观察都行。在他向前爬行的时候，你不妨跑到他后面去，在他裤子的屁股部位画一个蓝色的十字架。他决不会注意到的。他以为自己是一条猎狗哩。不过，当他那十岁的儿子把一块垫子披在肩上，在餐桌下面爬来爬去，假装自己是一只熊的时候，此公可是大大地嘲笑过一番的。

现在我们来看丛林里其他人的情况。

有人已告诉他们——我想我在小册子里首倡了这一种想法——野营就是睡在一堆铁杉枝上。我想我告诉过他们注意听风的歌吟（你明白我这个词的意思），听风在巨大的松树间浅吟低唱。于是他们大伙儿就在一堆青绿的针刺上挤着仰天躺了下来——即使是圣塞巴斯蒂安 [①] 躺上去，都会觉得要命的。他们躺在那里，用充血的不安的眼睛瞪着天空，等着那浅吟低唱

---

① 圣塞巴斯蒂安（St. Sebastian）是三世纪时一个殉道者。他是文艺复兴时期绘画中最常见的人物之一，被画为一少年被许多箭所穿。

开始。可是看不到一点儿歌吟的迹象。

再看另一个人，他的衣服破破烂烂的，胡子已有六天没刮过，他正在一小堆火上烤一块用棍子穿着的熏肉。眼下他把自己当成什么呢？是沃尔多夫·艾斯托里亚大酒店的首席厨师吗？是的，他是这么想，而且他还觉得那可怜的一小块肉——他是用切烟刀从一大块被雨水淋了六天的肉上面割下来——是适合食用的。而且，他马上就要把它吃掉了。其他的人也和他一样。他们大伙儿全疯了。

还有一个人（愿上帝保佑他），他自以为具有当木匠的"能耐"。他正在往一棵树上钉一块又一块放东西的搁板哩。在所有的搁板掉下来之前，他一直觉得自己是一个能工巧匠。可也正是这个人，在他妻子要他在厨房里钉一块板子放东西的时候，曾经咒天诅地的。"该死的，怎么可能把那该死的东西钉上去呢？"他问道，"你以为我是一个铅管工吗？"

还好，这一切都是无所谓的。

只要他们待在那儿快活，就让他们待着好了。

就我个人而言，我可不在乎他们是否回来并且就露宿的事大吹特吹。回到城里的时候，他们因睡眠不足而疲惫不堪，因喝酒过多而没精打采；他们被丛林蝇叮得连皮肤都变成了黄色，还曾被麋鹿踩过，被熊和臭鼬追得在丛林里四处逃窜——而他们居然还好意思说他们喜欢这样。

不过有时我觉得他们真的喜欢这样。

不管怎么说，人毕竟不过是一种动物。他们喜欢跑出屋子到丛林里去，在夜间四处嗥叫并感觉到什么东西叮咬他们。

　　只是为什么他们怎么也想象不出犯不着那么麻烦就可以做同样的事情呢？为什么他们不在办公室里脱掉衣服，在地板上爬来爬去，并且互相嗥叫一气呢？其实这也有异曲同工之妙的。

有关骑马的深思

本文的写作诱因，是我家乡小镇的文学圈最近进行的一场讨论。"讨论结果：自行车是一种比马儿更高贵的动物。"为了有根有据地得出否定的结论，我花费了几个星期专心钻研骑马。我发现马儿与自行车之间有天壤之别，远远超出我先前的设想。

马儿全身都覆盖着毛发；自行车不是全身覆盖毛发，他们在艾达荷展示的那辆 1889 款自行车除外。

骑马时骑手会发现，他放脚的两个踏板不能很好地进行圆周运动。不过他还会注意到，马背上有个鞍子，他得不时坐到鞍子上，马儿奔跑时尤其如此。而双脚踩着踏板，直立着骑马要简单得多。马身上没有把手，但 1910 年那匹样板马的脸两边各有一根缰绳，假如你想去看什么东西，可以拉动缰绳转动马头。

骑一匹良马驰骋棒极了，但得掌控好才是。我领教过一匹马的奔驰，它突然撒腿奔跑起来，转眼就把我带到了离家约两英里之远，再飞速穿过我那家乡小镇的主街道，最后溜过救世军 ① 的庭院进了属于它的马房。

---

① 救世军（The Salvation Army）是一个基督教教派，1865 年由英国原循道公会牧师卜维廉（William Booth）创立，1878 年定名为救世军，以街头布道和慈善活动、社会服务著称。

诚实地说，我不能否认骑马非得有极大的胆量不可。这胆量嘛，我还是有的。我是以约五毛钱一瓶的价格买到的，并且按要求喝了下去。

我发现在乡村小镇的长街上骑马，纵马驰骋的效果并不好。那会招来非议。最好是全程让马儿踱步前行。看上去足以让人觉得自然的骑法是，坐在鞍子上半转身子，一只手放在马背上，同时故意盯着街道前方约两英里的地方。这样做效果显著，你会从十几人之中脱颖而出。

自从学骑马以来，我开始注意书上所说的那些高人的马上功夫。其中一些我能够想象，但大多数完全超出我的想象力范围。比如说，有那么一种马术表演，每一个读者都耳熟能详，但我对它却可望不可即，只有羡慕的份："随着匆匆的一个道别手势，骑手以马刺催马前驱，在一团尘云中消失得无影无踪。"通过一些练习逐步调整，我想我能够以马刺驱动任何个头的马匹，但我永远无法在一团尘云中消失得无影无踪——至少，我无法保证在尘云消散后仍然无影无踪。

不过，有一点我确实可以做到：

> 缰绳从其有气无力的手上坠落，脑袋耷拉在胸前，艾维兰爵士听任他的马儿慢步走过阴沉的街道。沉湎于深思之中，他没有注意到那令他厌烦的骏马的走动。

那就是说，他貌似没有注意到；但是由我来演示，艾维兰爵士还是目光紧盯着马儿的，完全没区别。

接下来这段让我拿不准：

"上马！上马！"骑士叫道，并纵身跃进了马鞍。

我想我也能办到，假如是这样描写的话：

"上马！上马！"骑士叫道，从他那可靠的仆人手里扯来一个上马凳，然后就风风火火跃进了马鞍。

作为本文的结论，我会说我的骑马经历不乏助益，能让人获得非常有趣的侧面启发，对一个相当令人困惑的历史课题略窥一斑。有关著名的亨利二世的文献记载，他"几乎从未离开过马鞍，因生性好动之故，他从来不会坐下安歇，连吃饭都不例外。"我先前不能理解亨利二世对吃饭的看法，而现在我觉得自己已心知肚明。

萨鲁尼奥

——莎剧批评研究

人们常说，刚从大学毕业的年轻人对其所知的东西是把握十足的。但凭我本人的人生阅历，我倒更愿意说，假如你见识过一个上了年纪、养尊处优的人——此公已有二十年没靠近过大学，一直热衷于吃喝玩乐，腰围有五十英寸之阔，脸色如烛光下的蔓越橘——你就会发现，他对其自以为知的事物的见解是毋容他人置疑的，那种绝对的自信足以令任何年轻人都自愧弗如。让我对此特别深信不疑的一个实例，就是我的朋友霍格舍德上校。他是一个体形肥硕、性情暴躁的乡绅，因远在怀俄明州的牲口买卖发了大财。最近的日子，他萌生了一个根深蒂固的想法：在莎士比亚戏剧这一课题上，他是最有资格发表个人见解的人。

前天傍晚，他刚好撞见了我。当时我坐在俱乐部的客厅里，一边烤火一边翻阅《威尼斯商人》。他一见面就开始对这部作品大发高论。

"《威尼斯商人》，呃？好作品值得读啊，先生。天才妙构！妙不可言，先生，妙不可言啊！你瞧瞧剧中那些人物，你上哪儿能找到他们那样的角色？你比如安东尼奥，比如夏洛克，比如萨鲁尼奥——"

"萨鲁尼奥，上校？"我和颜悦色地插话说，"您没有搞错吧？剧中有个巴萨尼奥，有个萨拉尼奥，但我觉得里面根本没有什么萨鲁尼奥，不是吗？"

片刻之间，霍格舍德上校的眼神因疑惑而有点儿茫然，但他不是那种会承认自己的错误的人：

"啧，啧！年轻人，"他皱着眉头说，"读书不能那样一目十行的。没有萨鲁尼奥吗？嗨，当然有个萨鲁尼奥。"

"可是我得告诉您说，上校，"我反驳道，"我刚读完这个剧，正在研究它，我知道根本没有这么个人物——"

"胡说，先生，简直是胡说！"上校说道，"嗨，整个戏里都有他；别告诉我这告诉我那，年轻人，我自己读过这个剧本。是啊，我还看过演出呢，是在怀俄明看的，那会儿你还没出生，由演员们扮演，先生，能演出来，没有萨鲁尼奥，对极了！那么，从头到尾与安东尼奥为友，在巴苏尼奥背叛他时不离不弃的人是谁？是谁从夏洛克那里救出了克拉丽莎，又从阿拉贡王子那里盗走了那一盒子肉呢？是谁对摩洛哥王子叫喊：'熄灭吧，熄灭吧，你这该死的蜡烛'呢？在审判那场戏里，是谁说服了陪审团并搞定了主审官呢？没有萨鲁尼奥！天哪！在我看来，他是剧中最重要的角色——"①

---

① 此处上校所述与《威尼斯商人》的情节有诸多不符，旨在表现上校的无知与可笑。在《威尼斯商人》中，为了考验求婚者，鲍西娅设置了金、银、铅三个盒子，要求婚者猜哪个盒子里有她的画像，猜中者可以赢得她的芳心（画像在朴实无华的铅盒子中，为金银所惑者往往猜错）。剧中没有任何一个盒子里装有肉。在剧中，威尼斯商人安东尼奥为了帮助好友巴萨尼奥成婚，向犹太人高利贷者夏洛克借了三千金币，双方在合同上约定：三个月期满还不上钱，就从安东尼奥身上割下一磅肉抵债……上校把剧中不同的情节混为一谈了。另外，"熄灭吧"等话语，根本不是《威尼斯商人》中的台词，而是莎剧《麦克白》中麦克白说的话。

"霍格舍德上校，"我非常坚定地说，"没有什么萨鲁尼奥，您是知道的。"

老先生已弄不清是什么模糊的记忆催生了萨鲁尼奥，他颇感惊讶却割舍不下；那个人物好像在上校心里变得越来越清晰可见了，于是他更加兴奋地固执己见：

"我这就告诉你萨鲁尼奥是什么：他是一个典范。莎士比亚想通过他来塑造完美的意大利绅士的典范。他是一只理念，那就是他的本质，他是一个象征，他是一个单元——"

与此同时，我一直在翻看剧本的书页。"瞧瞧这里，"我说，"这是剧中人物表。里面根本没有萨鲁尼奥。"

然而，这丝毫没有挫伤上校。"嗨，当然没有，"他说，"你别想会在那里找到萨鲁尼奥！这正是剧本的艺术高超所在！这才是莎士比亚风范！这才是全剧的要旨所在！他被从人物表中删除了——这恰好给了他施展的空间，给了他发挥的自由，从而使他比以往更显典范风采。噢，这有点儿玄妙，先生，这是戏剧艺术！"上校一边说着，一边陷入了沉静的思考，"得花费很多时间琢磨，才能真正进入莎士比亚的内心，知道他一直在想什么。"

我开始明白了，与老头继续争论下去毫无用处。离开他时我心想，过上那么一点儿时间，他对萨鲁尼奥的看法或许会有所改变。但我先前怎么也意想不到老年人对事物会如此固执己见。霍格舍德上校对萨鲁尼奥着了迷。从那次以后，萨鲁尼奥成了他谈话的永恒话题。他绝对不厌其烦地谈论萨鲁尼奥的性格，谈论剧作家塑造这个人物的高超艺术，谈论萨鲁尼奥与现代生活的关系，谈论萨鲁尼奥对女人的看法，谈论萨鲁尼奥的伦理学意义，从与哈姆雷特比较的角度谈萨鲁尼奥，从与萨鲁尼奥比较的角度谈哈姆雷特，如此等等，没完没了。他越是深究萨鲁尼奥，他在他身上的发现就越多。

萨鲁尼奥仿佛是永不枯竭的。有很多研究他的角度——每次换角度都别有洞天。上校甚至把剧本通读了一遍，当他发现剧中没有提到萨鲁尼奥的名字时，他发誓说现在的本子和他在怀俄明那边的本子不是一回事；还说为了适合该死的公立学校之用，萨鲁尼奥整个儿角色被删掉了，因为萨鲁尼奥的谈吐——无论如何，就上校所引用的而言——无疑是有点儿直率不拘。然后，上校开始在他那本书的旁边加批注，比如批注"萨鲁尼奥登场"，或"一阵号角声，萨鲁尼奥在摩洛哥王子的搀扶下登场"。碰到没有合理借口让萨鲁尼奥登场时，上校会发誓说他被隐藏到幕布后面了，或者正在和威尼斯大公一起参加宴会呢。

不过上校最后还是得到了满足。他发现在我们这乡野地带，没有谁懂得怎样把莎士比亚戏剧搬上戏台演出，于是他就自个儿去了纽约，去看亨利·欧文爵士和特瑞小姐演那出戏。上校坐在戏院里听戏，始终脸带着满足的神情。当欧文结束其精彩表演，戏台的幕布落下来时，他在座位上站了起来，一边喝彩，一边对他的朋友们叫道："是这样！那就是他！你们没看见那个每一幕戏都登场的男人吗？尽管他说的话你们一句都听不懂，但他却让整出戏从头演到了尾。啊，那就是他啊！那就是萨鲁尼奥！"

与诗人们相处半小时

一、华滋华斯与农家小女孩

> 我遇到一个农家小女孩，
>
> 她说她八岁都还有余，
>
> 一头卷发是多么浓密，
>
> 丛生在她的脑袋周围。
>
> ——华兹华斯 [1]

这事确实发生过。

在其老家坎伯兰的沉闷的草原上，上年纪的桂冠诗人华滋华斯曾独自闲逛，他耷拉着头，一脸的愁苦。

老先生正处于时运不济阶段。

他刚好面朝北边，他那朝南的口袋里只有几个硬币叮当作响，此外还有一张买圣莱昂水的支票。显然，他的杯中盛满了苦水。

远处有一个孩子在挪动——外形上是一个孩子，但她脸上

---

[1] 此处引文是英国诗人威廉·华兹华斯的名诗《我们有七兄妹》。此诗歌是根据真实经历创作，记录的是诗人与一个农家小女孩相遇时的对话。女孩一家原本有七个孩子，其中两个孩子已死亡。不过，小女孩觉得他们并没有死去，仍然是她生活中的伴侣，因此她告诉诗人她家有七兄妹，并且不顾诗人的提醒而始终认定她家有七兄妹。华兹华斯记录这点，旨在表现女孩不明生死的那种纯真烂漫。然而，在里柯克看来，华兹华斯纠正女孩的错误是残忍的（诗中说："假如两个兄姐已经入土，你们只能算是兄妹五个。"）本文关于华兹华斯的部分便是针对该诗创作的，文中相关情景与原诗有直接关联，戏谑之意显而易见。

深深的纹路刻画出的却是一副少年老成的面容。

诗人辨认、追随并赶上了那个孩子。他注意到她明显呼吸得很轻松，浑身充满了活力，还注意到她对死亡茫茫然一无所知。

"我得坐一会儿，在孩子身上动动脑筋。"诗人喃喃自语。于是他用他的手杖把孩子撂倒，在她身上坐了下来，开始沉思。

他这样坐着沉思了很久。"他的心好沉重啊。"那孩子叹道。

最后他掏出一本笔记本和铅笔，准备在膝盖上书写。"喂，我亲爱的小朋友，"他对那个小精灵般的孩子说，"我喜欢你脸上那些纹路。你们是七兄妹吗？"

"是的，我们是七兄妹，"女孩难过地说，然后又补充，"我知道你想要什么。你会问我的伤心家事。你是华滋华斯先生，在为《农家版实惠百科全书》收据死者统计数据。"

"你八岁了吧？"诗人问道。

"我想是的，"她答道，"我已经八岁好多好多年了。"

"你肯定对死亡一无所知，对吧？"诗人欢快地说。

"怎么会呢？"孩子回答道。

"那么，"可敬的老威廉接着说，"我们言归正题吧。说说你兄弟姐妹的名字。"

"让我想想，"孩子困倦地说，"有卢比和艾克，有两个我想不起来了，还有约翰和珍妮。"

"你不该算约翰和珍妮，"诗人责难似的插话说，"他们都死了，你知道的，因此不能算是七兄妹。"

"我没有算他们，但也许是我加错了，"孩子说，"请您把套鞋从我脖子上挪开好吗？"

"对不起，"老人说，"是紧张在作怪，我太投入了；的确，因寻找音韵心切，我的双脚都曲成一团了。好了，继续往下说吧，谁最先死的呢？"

"最先死的是小珍妮。"女孩说。

"我想，她躺在床上呻吟个不停吧？"

"她躺在床上呻吟不停。①"

"她得什么病死的？"

"失眠症，"女孩答道，"她历来体质虚弱，受不起农家生活的快乐，那是在我们的哥哥们离开家去康威港之前，另外她还跟约翰在野外任性地疯玩，她根本经不起那些乐子的折腾。"

"你文字表达很不错，"诗人说，"好了，现在说说你那不幸的哥哥吧。接下来的那个冬天白雪满地，你可以在雪地上奔跑和滑雪，你哥哥是怎么走的呢？"

"我哥哥约翰没法不走，"她答道，"我们一直都闹不明白他死去的原因。我们估计是新下的雪太亮太刺眼，对他不安的头脑起了作用，使他拼命也要跟我在滑冰上比个你死我活。还有，呃，先生，"孩子继续说，"说到珍妮要温和点儿。说约翰你可以随意；我们历来都允许他滑冰。"

"好的，"诗人说，"好了，长话短说，请允许我再问个微妙的问题：你常用小小的碗喝粥吗？"

"哦，是的。"孩子坦白地说。

---

① 引自《我们有七兄妹》原诗。

"'常常在夕阳西下后，月光明媚照耀万物，我就拿起小粥碗——',①"

"我对后面做了什么记得不太清楚了，但我知道我喜欢那件事。"

"那无关紧要，"华滋华斯说，"我可以说在每次吃完饭之后，你都会把小粥碗里的东西喝得一干二净，无论是苦药还是水。只要我能声明你是有规律地喝一小碗，决不是海吃海喝，公众都会满意的。好了，"说着他站了起来，"我不能再耽搁你了。这儿是六便士，哦慢着——"他匆忙补充说，"这是买圣莱昂水的一张支票。你提供的信息非常有价值，我会把它加工好的，怎么说我也是华滋华斯嘛。"年长的诗人说着，一边谦卑地向孩子鞠躬致谢，然后他开始漫步前行，朝坎伯兰公爵的庄园方向走去，双眼紧盯着地面，仿佛在寻找一朵自在绽放的最卑贱的花儿。

二、丁尼生如何杀害五月王后

"假如你醒得早，就早点儿叫我，早点儿叫我，亲爱的妈妈。"

第一节

当选"五月皇后"的那个孩子一显现出病症，其痛苦的双

---

① 引自《我们有七兄妹》原诗。

亲便发了电报给丁尼生："我们的孩子在早起这件事上疯了，你能来写点儿关于她的诗歌吗？"

艾尔弗莱德历来对来自乡间的写作订单都是快速供货的，他立马乘夜班火车赶了过去。老农户热情地接待了诗人，一见面就开始诉说他那不幸的女儿的状况。"她五月时被选为五月皇后，"他说，"就进入了年轻人才有的忙乱状态。从那时候起她就没有再正常过。或许你能想出点儿法子来。"说着他就打开了内室的门。那女孩躺在床上，处于发烧的睡眠状态。她的床边放着一个闹钟，闹铃的时间设定在三点半。与闹钟巧妙相连的是一块随时会坠落的砖头，砖头上的一个绳子系在女孩的大脚趾头上。来客一进房门，她就从床上惊坐起来。"哇，"她大叫道，"我要成五月王后了，妈妈，耶！"然后，她觉察到丁尼生站在门口。"这位要是来客，"她说，"要他早点儿叫醒我。"受惊导致砖头掉了下来。在接下来的混乱中，丁尼生谦恭地退回到了起居室。"照这样下去，"他咯咯一笑，说，"我用不着等多久。过度紧张几个星期就会要她的命。"

第二节

六个月过去了。

现在是仲冬时节。

那个女孩仍然活着。她的生命力仿佛永无枯竭之日。

她起床越来越早了。目前她已提前到头一天下午起床。

她时不时地会貌似神志清醒，会以极悲哀的口气说起她的

坟墓，说太阳可能一大清早就会照耀它，还说她妈妈白天会在
她的坟上走来走去。而在其他时段，她受控于病魔，会从绳子
上扯下砖头，狠狠地朝丁尼生砸过去。有一次，在一阵失控的
疯狂发作中，她把她的园艺工具分了一半给她妹妹艾菲，外加
一盒香味木犀草的份额。

诗人坚定不移地留了下来。在拂晓时分的寒冷中，他打破
了他水盆里的冰，并咒骂了那个女孩。但他感到他打破了坚
冰，因此他留了下来。总体而言，尽管农舍生活有点儿粗陋，
却也不乏乐趣。在漫长的冬夜，他们会围坐在一堆冒烟的泥炭
火边，丁尼生会对大老粗老农户大声读《钦定田园诗》。为了
不显示其粗陋，老农坐在一个短钉子上，从而得以免于瞌睡。
这样做还能让他的心智保持警醒。他们俩发现彼此有很多共同
之处，老农户尤其如此。现在他们以"艾尔弗雷德"和"赫泽
基亚"相互称呼了。

第三节

时间流逝，春天来了。

那个女孩仍然让诗人困惑不已。

"先前我以为我要死了，"她会带着嘲弄的微笑说，"可我
却还活着，艾尔弗雷德，我还活着。"

艾尔弗雷德的希望快速地丧失殆尽。

因被起早弄得疲惫不堪，他们雇佣了一个退休的火车行李
搬运工来代他守夜，由于搬运工是一个黑人，他的到来为他们

的生活增添了色彩。

诗人还以每晚五十分的代价聘请了一位当牧师的邻居，由他来给女孩读一百本最佳书籍，还外加解说。五月皇后容忍了他，常常喜欢玩弄他那银色的头发，但是抗议说他很乏味。

招数用尽之后，诗人决定采取孤注一掷的措施。

他选了老农夫妇外出参加晚宴的一个夜晚。

夜幕一降临，丁尼生就和他的同谋们溜进了女孩房间。

她用她的砖头野蛮地自卫，但最后被制服了。

那黑人坐到了她的胸口上，牧师则匆匆忙忙念了几首诗歌，歌咏的是临终之日早起的舒畅。

他一读完诗歌，诗人就把他的笔插进了她的眼睛。

"一了百了！"黑人搬运工得意扬扬地叫道。

三、朗费罗老先生在赫斯佩鲁斯号帆船上

航行在冬天之海的是那赫斯佩鲁斯号帆船，而船长还带了他的小女儿跟他作伴。

——朗费罗 ①

在赫斯佩鲁斯号帆船的船舱里聚会的只有三个人：朗费罗老先生、船长和船长的女儿。

---

① 朗费罗（Longfellow, Henry Wadsworth, 1807—1882），美国诗人，主要作品有《夜吟》《奴役篇》《伊凡吉林》《海华沙之歌》《基督》《路畔旅舍故事》等。

船长对这孩子极其宠爱，因为她的皮肤之白可谓独一无二，还因为她那双碧眼清澈得异乎寻常；她先前一直留在岸上，在马戏团扮演白化病女士以招揽生意。

不过这一次，她爸爸把她带到了船上来跟他作伴。这女孩给船长和船员们带来的乐趣简直是无穷无尽。她不时跟船长和朗费罗先生玩"抢壁角游戏""充公游戏"和"猜字游戏"之类的游戏，还让两个老爷们猜《圣经》谜语和玩藏头诗游戏。

朗费罗老先生参加这次航行，旨在治愈其心烦意乱。开头船老大并不喜欢亨利①。他完全不习惯大海，极度紧张和烦躁。他抱怨说在海上他的才智没有足够的空间发挥。这一推定举世无双。

风暴来临那个晚上，吃晚餐时在朗费罗和船长之间放着一个小酒杯。船老大已干杯好几次，其结果是他变得情绪暴躁，仿佛随时要跟人吵架似的。

"我承认我对天气状况感到有些忧虑，"老亨利紧张地说，"我在甲板上跟一个老绅士聊过，跟他说了我的担忧，他声称他开过西班牙大帆船。他说你应该进那边的港口避避风浪。"

"我开过，"船长打着嗝，看了看那个酒杯，发出一声粗野的大笑，补充说，"无论刮多么大的飓风，他②都承受得住。"他说，整个盖尔语社会都不会对他嚼舌半句。

干完最后一杯格洛格酒后，他从椅子上起身，做了谢恩祷

---

① 亨利，这是诗人朗费罗的名字。
② 他，此处代指船，这是西方人习惯。

告①，并在甲板上踉踉跄跄地走来走去。

风一直在吹，越吹越冷，越吹越响亮。

海浪如发酵似的泡沫喷涌。刮的是发酵的狂风。

夜晚在熬煎中继续。

老亨利在船舱里来回走动，坐立不安，惶恐不堪。

船长的女儿平静地坐在桌边，从一本《圣经》读本挑选诗歌以便逗正在受牙痛折磨的水手长开心。

大约十点钟时，朗费罗回到他的铺位，同时要求女孩留在他那个舱房里。

有半个小时谁都没有吭声，只有寒风在呼啸。

然后女孩听见老先生在床上惊坐起来。

"是什么铃声？是什么铃声？"他喘着气说。

一分钟之后他走出了他的舱房，睡衣裤外面穿着一件淡棕色夹克和一条外裤。

"西希，"他说，"上去问问你老爸是谁敲的钟。"

那个顺服的孩子回来了。

"回告您，朗费罗先生，"她说，"老爸说没有人敲钟。"

老先生瘫坐在一张椅子里，脑袋埋在双手之间。

"喂，"不久他大声叫道，"有人在打枪，有个地方隐隐约约有光在闪烁。你最好再上楼一次。"

那孩子又返回了。

---

① 谢恩祷告，这是基督徒感谢上帝赐予食物的祷告，通常是在餐前做的，但这里是在餐后，嘲讽之意自在其中。

"水手们在玩离合诗猜字游戏，偶尔他们会灵光闪现。"

与此同时风暴的暴虐越来越厉害。

船长让人把所有舱门都敲下来关紧。

不久朗费罗从一个舷舱伸出脑袋，叫道："当心，你们大意了吧，残忍的岩石在顶刮这船的两边呀，像发疯的公牛的牛角。"

野蛮的船长把航海日志投向他。航海日志的一个节^① 碰到一块船板，斜飞而去。

太受不了留在甲板下的恐怖，诗人拿开棉胎，打开了舷舱上了甲板。他爬行到了驾驶室。

船长站立着，被捆在船舵上，浑身僵硬而赤裸。他僵僵地对诗人鞠躬。他那凝视的玻璃般的双眼上有积雪泛光，灯笼的光芒透过积雪闪烁着。这个男人不可救药地喝醉了。

所有的船员都失踪了。在船长投出的飞弹斜飞到海里的那个时刻，他们也跟着斜飞出去并且失踪了。

此刻最后的撞击降临了。

某种东西撞击了某种东西。一声可怕的嘎达声，接着是东西被磨碎的特殊声音，瞬息之间（很不幸，比用笔描述快得多），整个海难就结束了。

随着船沉没，朗费罗的直觉离他而去。当他再次睁开眼睛时，他在家里躺在自己的床上，当地报纸的编辑正俯身看

---

① 节，船速的计量单位，相当于每小时一海里。节根本不是实物，说一个节击中船板是戏谑说法。

着他。

"您写了一首一流的海难诗，朗费罗先生，"他说道，一边说一边稍微挺直了身子，"我很高兴为此支付稿费，给您一张金额一块二角五分的支票。"

"您的美意让我不知道该说什么好。"亨利虚弱地细语道，非常虚弱。

A、B 和 C：数学中的人性成分

学算术的学生在掌握了四则运算并能得心应手地计算钱财和分数之后，接下来便会遇到大量被称为"应用题"的习题。这些应用题是一个略去结尾的冒险和若干的故事，尽管它们彼此之间颇多雷同之处，但其中还是不乏某种传奇色彩的。

应用题故事里的人物有三个，人们称他们为 A、B 和 C。习题一般是以下列形式出现的：

"A、B 和 C 一起干某项工作，A 一个小时所干的活儿相当于 B 两个小时干的活儿，或 C 四个小时干的活儿。问他们需要干多少个小时……"

或者是这样：

"A、B 和 C 一起受雇挖一条沟。A 一个小时完成的活儿，相当于 B 两个小时完成的，而 B 干活儿的速度又是 C 的两倍。问他们需要多长时间……

要不然就是这样：

"A 打赌说，他走路比 B 和 C 都要快。A 走半个小时的路程，B 要走一个小时，而 C 则走得更慢。问多远的距离……"

诸如此类。

A、B 和 C 所从事的活动是多种多样的。在老式的算术课本里，他们满足于干"某一项工作"。不过这一表述让人觉得太含糊玄虚，另外或许还缺少点儿浪漫魅力。后来新的表述应运而生并蔚然成风，他们所干的活儿也被描述得更为具体了，有竞走、挖沟、划船以及垒木头。有时候他们还合伙经商，所投资金额按老式的神秘说法是"若干"。不过他们最喜欢的还是运动项目。玩厌了竞走比赛的时候，A 会骑上一匹马或一辆借来的自行车，叫他那两个呆头呆脑的伙计徒步与他比赛。他们有时赛的是开火车；有时赛的是划船；有时还来点儿怀旧情调，弄几辆驿站马车来赛赛；还有时则充当水上能手，来点儿游泳比赛什么的。假如他们干的是实实在在的工作，那么他们乐意干的是各人往一个贮水池里抽水——其中有两个贮水池下面漏水，有一个则滴水不漏。当然，不漏的那个贮水池属于 A。赛竞走时 A 可以骑自行车，赛开火车时最好的火车属于他，赛游泳时他还有顺流游的特权。他们三个都嗜赌成癖，无论做什么都要打打赌什么的。A 总是赢家。

在算术书的开头几章里，他们的身份隐藏在约翰、威廉、亨利等名字后面，而且为分配石头弹子的事争论不休。在代数里他们经常被称为 X、Y、Z。但这些只不过是他们的教名而已，其实还是他们三个人。

你要是在做一页又一页应用题的过程中追踪过他们的历史，观看过他们在闲暇时间垒木头玩儿，见过他们气喘吁吁地往一个漏水的贮水池里疯狂灌水，那么他们就不再是几个干巴巴的符号了，而是变成了三个有血有肉的活人——有自己的情感、雄心和渴望，就像我们其他的人一样。让我们依次看看他们吧。

A 是一个血气方刚、性情暴躁的人，他精力旺盛，易于冲动，而且意志坚强。提出和 B 比干活的是他，提出打赌的是他，迫使其他人屈从的也是他，反正做什么都是他唱主角。他身强力壮，耐力也很强。众所周知，他曾连续走过四十八小时的路，还曾连续抽过九十六个小时的水。他的生活是充满艰辛和危险的。你一旦计算失误，他可能就要继续多挖两个星期的沟而无觉可睡了。答案中出现的循环小数则很可能要他的命。

B 是一个平和厚道、随遇而安的人。他害怕 A 而且常被 A 欺负。但对矮小柔弱的 C，他非常友善，亲如兄弟。由于打赌输光了钱，他大多是听任 A 的摆布。

可怜的 C 是一个身材矮小、体弱多病的人，整天愁眉苦脸的。成年累月的走路、挖沟和抽水已累坏他的身体，摧垮了他的神经系统。愁苦的日子迫使他过量地抽烟喝酒，结果他深受其害，挖沟的时候双手总是打抖的。他没有力气像别人那么干活，事实上，正如汉姆林·史密斯[1] 所说："A 在一个小时内干的活儿比 C 四个小时干的还要多。"

我第一次见到他们是在一个傍晚，当时划船比赛刚好结束。他们三个都参加了比赛，据说 A 一个小时划行的距离，相当于 B 两个小时或 C 四个小时划的距离。比完赛回来的时候，B 和 C 累得简直要趴下了，而且 C 咳嗽得非常厉害。"别担心，老伙计，"我听见 B 说，"我先扶你到沙发上躺下，再去给你弄

---

[1] 汉姆林·史密斯，指某一本数学书的编者。

点儿热茶来。"接着 A 风风火火地跑了进来，咋咋呼呼地说：
"喂，伙计们，汉姆林·史密斯让我看了他花园里的三个贮水
池，他说我们可以用它们抽水玩到明天晚上。我打赌我能胜过
你们俩。来吧，你们可以穿划船的衣服抽水，知道吧。我想你
的贮水池有点儿漏水，C。"我听见 B 在发牢骚，他说这种安
排太不公平、太卑鄙了，还说 C 累得都快没气了。但牢骚归牢
骚，他们最终还是抽水去了，从抽水的声音我立即可以听出 A
抽水的速度是 C 的四倍。

　　自那以后的好几年里，我不断在镇上见到他们，他们总是
忙忙碌碌的。我从没听说过他们任何一个吃饭或睡觉。后来因
长时间离家，我隔了好久没见着他们。回来的时候，我惊奇地
发现再也不见 A、B 和 C 在干原来那些活儿了。经打听我得
知，如今那类活已由 N、M 和 O 来干了，另外还有人雇了四个
外国佬来干代数活儿，那四个家伙叫做阿尔法、贝塔、伽马和
德尔塔。[①]

　　有一天我碰巧遇到了年迈的 D，他当时在他屋子前面的小
花园里，正在顶着烈日锄地。D 是一个卖苦力的老汉，过去时
不时地被叫去替 A、B 和 C 打下手。"先生，您问我认不认识
他们？"他说，"嗨，打从他们还是括号里的小不点儿的时候，
我就认识他们了。A 君嘛，是一个挺好的小伙子，先生，虽然
我常说，以心地善良而言我更喜欢 B 君。我们在一起做过很多

---

① 阿尔法、贝塔、伽马和德尔塔，分别是希腊字母 α、β、γ 和 δ 的读音，因它们全是希腊
　 字母，故有"外国佬"之说。

事，先生，尽管我从不直接参与划船之类比赛，而只干一些随你怎么称呼的简单活儿。如今我太老了，连那些活儿也干不了啦——只好待在这花园里锄锄地，种植一点儿'对数'或栽一两个'公分母'什么的。但为了证明那些定理，欧几里得 [①] 先生仍然还雇用我。他真是这样。"

从这个爱唠叨的老汉那儿我得知了先前那三位熟人的悲惨结局。他告诉我说，我离开镇还没多久，C 就生病了。看来情况是这样的：A 和 B 在河上划船打赌，C 沿河岸跟着跑，然后在河风中坐了下来。河风当然是不好惹的，结果 C 就生病了。A 和 B 回到家里，发现 C 病恹恹地躺在床上。A 粗鲁地摇晃他，吼叫道："起来，C，我们还要去垒木头哩。"C 看上去那么虚弱、那么可怜，因此 B 说："喂，A，这样做叫我于心不忍，他今晚不合适再垒木头。"C 有气无力地微微一笑，说："我要是能在床上坐起来，或许还可以垒一起。"B 顿时完全警觉起来了，他说："听我说，A，我马上去请个大夫来，他快不行了。"A 大光其火，回答说："你根本就没钱请来大夫。""我要请他把价压到最低，"B 坚定地说，"那样我就能请他来了。"C 的生命到这里本来还是获救有望的，只可惜在用药的时候出了差错。药就放在床头的一个托架 [②] 上，护士不小心把它从托架上拿了下来却忘了变号。这一致命的错误使 C 的病情立即急转

---

① 欧几里得（Euclid），古希腊最杰出的数学家，欧几里得几何学的创始人。
② 托架，原文为 bracket，该词既有"托架"之义，又有"括弧"之义。把药从托架上拿下来，指的是解括弧。按四则运算的规则，解括弧时里面的算式要变号。

直下。到第二天傍晚，当小房间的阴影越变越暗的时候，谁看了都明白：C 的大限到了。我想这时恐怕连 A 最终都被当时的气氛感染了，他低着头站在那儿，漫无目的地和医生赌 C 还能呼吸多久。"A，"C 喃喃地说，"我恐怕马上就要走了。""你会以多快的速度走呢，老伙计？"A 低声问道。"我不知道，"C 说，"反正我就要走了。"——接下来 C 去世的时辰马上就要到了。C 振作了一下，问起他放在楼下没干完的那一点活儿。A 把它放到 C 的怀抱里，接着 C 就断气了。当他的灵魂朝天堂飞升的时候，A 带着忧郁的钦羡看着它飘然而上，B 则放声大哭起来，泪水涟涟，泣不成声："把他的——小贮水——池——还有他以前划船的——衣服保存起来。我觉得我——恐怕再也——挖不了沟了。"葬礼简单朴素，它和通常的葬礼没多大区别，唯一不同的是，为了表达对运动员和数学家的敬意，A 租来了两辆灵车。两辆灵车同时出发，由 B 驾驶那辆载着那个黑色平行六面体 ① 的灵车，里面装着他那位不幸的朋友的遗体。A 则驾驶那辆空荡荡的灵车，他慷慨地让 B 在他前面一百码的地方起跑。由于 A 的速度是 B 的四倍，结果还是 A 先到达墓地（求出到墓地的距离）。当石棺被放进墓穴的时候，墓地被《欧几里得几何学》第一册里那些破碎的图形围了个水泄不通。人们发现，自从 C 去世之后，A 完全变了个人。他没有兴趣和 B 比赛了，挖起沟来也有气无力的。最后他放弃了他的工作，

---

① 黑色平行六面体，指棺材。

靠吃打赌赢来的钱的利息度残生去了。B 则一直没有从 C 的死对他的打击中恢复过来。悲痛侵蚀了他的心智,它变得日益紊乱起来。他整天抑郁苦闷,说话只用单音节词。后来病情进一步恶化,他说话时所用的词连小孩都不觉得难了。B 意识到了自己的危险病情,便自觉自愿被送进了一家疯人院。在那里,他与数学一刀两断,全身心投入到了《瑞士罗宾逊家族史》的写作之中,用的词也全部都是单音节。

附　录

我的幽默观

拿出这么几页篇幅来供我夫子自道，谈谈我自己的真实看法，料想也是名正言顺的。

若是在两个星期之前让我来谈幽默，我会带着公认的行家里手的自信拿起笔来。

可现在不同了。我原有的资格已被剥夺。事实上我的画皮被揭穿了。一位英国评论家在某家文学杂志——只要一说出该杂志的名字，便无人敢起来反驳——评论说："里柯克教授的幽默作品，充其量不过是夸张术和缩小术的巧妙杂糅，除此之外还有什么呢？"

这位仁兄说对了。至于他是如何碰巧发现这一商业机密的，我无从知道。但既然他已一语破的，我也甘愿承认我长期以来的习惯做法是：每逢要写幽默文章，我就下到地窖里去，把半加仑 ① 缩小剂和一品脱夸张剂混合起来。而假如想赋予文章以明显的文学味，我发现最好再往里掺入半品脱局部麻醉剂。整个加工过程简单得惊人。

---

① 加仑，液体容量单位，按美制，一加仑相当于 3.7853 升。

我把这一秘诀公之于众，旨在说明情况并避免别人以为我妄自尊大，竟敢以行家里手的身份来谈论幽默，就像艾拉·威勒·威尔柯克斯①论述爱情，或弗爱娃·坦奎②谈论舞蹈那样。

我唯一敢说的是，我的幽默感不亚于世上任何人。非常奇怪的是，我注意到别的人也都这么说。假如有必要的话，任何人都愿承认自己视力不好，或不会游泳，或枪法很臭，但假如你说他缺乏幽默感，那他便会暴跳如雷。

"不，"几天前我的一位朋友说，"我从不去大歌剧院。"然后他不无自豪地补充说："你知道吧，我压根儿对音乐就没感觉。"

"不会这样吧！"我大声说。

"真的！"他继续说，"我根本分辨不出调儿来。我既不熟悉《家，可爱的家》③，也不熟悉《上帝保佑吾王》④。我分不清别人是在拉小提琴，还是在弹奏鸣曲。"

他好像对自己的每一项缺陷越说越自豪。最后他说，他家中养的一条狗对音乐比他在行。每当他太太或者来客弹起钢琴，它就会嗥叫起来——叫得那么惨，他说——好像受到了伤害似的。而他本人可从没有这种现象。

他说完之后，我发表了我自认为无伤大雅的看法：

"我想你大概也发现自己的幽默感同样不怎么样吧，"我

---

① 艾拉·威勒·威尔柯克斯（1850—1919），美国记者、诗人。
② 弗爱娃·坦奎（1878—1947），生于加拿大的喜剧歌舞演员，八岁首次登台。
③ 《家，可爱的家》，英国著名民歌。
④ 《上帝保佑吾王》，英国国歌。

说，"这两者一般都形影不离的。"

我的朋友顿时气得脸色发青。

"幽默感！"他说道，"我的幽默感！我缺少幽默感！哼，我敢说我的幽默感比这个城市的任何一个人都要强，或者说比任何两个人加起来都还要强。"

接下来他就转向了恶毒的人身攻击。他说我的幽默感整个儿都枯竭了。

离开我时他还在气得直抖哩。

不过，就我个人而言，不管多么有损声誉，我都不在乎承认还存在我不会欣赏的其他形式的所谓幽默，或者至少可以说玩笑。其中最常见的便是自古有之的所谓恶作剧。

"你从没听说过麦克甘，是吗？"几天前我的一位朋友这样问我。当我说"不，从没听说过"的时候，他摇摇头，叹了一口气，说：

"噢，你真应该认识麦克甘。在我所认识的所有人中，他是最有幽默感的——他逗乐的招数实在太多了。我记得有一天晚上，他在我们住的公寓的走道里拉了一根绳子，然后就拉响了开饭铃。结果有一个房客被绊住而把腿给摔折了。我们差不多笑死了。"

"天哪！"我说，"好一个幽默家！他是不是常干那种事呢？"

"噢，没错，他随时都会露上一手。想当年他经常往西红柿汤里放沥青，在椅子上放蜂蜡和大头钉。他的点子多极了。

他好像毫不费劲就能生出许多花招来。"

据我所知，麦克甘现在已经死了。我并不为此难过。说实话，我觉得对我们大多数人来说，通过往椅子上放图钉、往床上放荆棘或往靴子里放活蛇来拿别人取乐的时代早已过去了。

在我看来，好的幽默的本质好像总是这样的：它必须不伤害人而且不含恶意。我承认，我们所有人的身上都有某种对别人遭殃幸灾乐祸的古老原始的魔鬼似幽默或快意，它就像我们的原罪那样附着在我们身上。看见一个人——尤其是一个肥肥胖胖、煞有介事的人，突然踩着香蕉摔倒本不该成为一件可笑可乐的事，但实际上却是如此。当一个溜冰者在湖面上优雅地绕圈子并向别人炫耀其技艺时，如果他突然破冰落水而变成落汤鸡，那么每一个在场的人都会欢声大叫。而对原始的野蛮人来说，在这类情况下如发现跌跤者跌断了脖子或落水者再也上不来，那他们可能就找到笑话的精彩所在了。我能想象出一群史前野人站在落水者失踪的冰窟窿边大笑的情景，他们不笑破肚皮是不会罢休的。假如那时有史前报纸之类东西的话，落水事件会以这样的标题形诸报端：

趣闻：某先生跌入冰窟溺水而亡

但随着文明的发展，我们的幽默感减弱了。我们从诸如此类的事里已得不到多大乐趣了。

不过，孩子们身上仍然大量地保留着这种原始的快乐感。

我记得有一次看见两个小男孩在街边做雪球。正当他们在收集积雪备用的时候，一个头戴丝礼帽的老先生走了过来，从外表看他属于"乐呵呵的老绅士"那类人物。一看见那两个男孩，他的金丝眼镜后的眼睛便流露出了慈爱的快乐之光。"喂，孩子们，来吧，随便用雪打我吧！随便打！"由于太高兴了，他根本没注意便跨出人行道进入了街心。一辆快速驶过的马车撞了他一下，使他仰天倒在了一大堆雪里。他躺在那儿气喘吁吁的，挣扎着弄掉脸上和眼镜上的雪。那两个孩子拿起雪球就朝他冲了过去。"随便打！"他们高喊道，"把他埋起来！把他埋起来！"

我再重复一遍，对我来说（我想对我们多数人都是如此），幽默的首要条件是，它必须不伤害人或不含恶意，同时也不应（哪怕是偶尔为之）展现任何悲哀、痛苦和死亡的真实景象。苏格兰的很多幽默（我承认其一般价值），在我这个非苏格兰人看来，在这方面是有缺陷的。不妨举个大家熟悉的例子（我认定它已众所周知，而且我不是为举例而举例）。

有个苏格兰人，他有一个小姨子——他妻子的妹妹——他和她一见面就会互相抬杠。他拒绝和她一起去任何地方。尽管他妻子一再恳求，他仍然总是一意孤行。后来他妻子病危了，奄奄一息地躺在床上。临终时她小声地对他说："约翰，你和珍妮特一起坐车去送葬，好吗？"那个苏格兰人经过一番内心斗争，终于说："玛格丽特，看在你的分上我只好答应，不过我一整天的心情可就全给破坏了。"

一想到这个故事所营造的实在而鲜明的情景——快咽气的妻子、阴暗的房间和无力地说出的临终请求——不管它有多幽默，我都笑不起来。

无疑苏格兰人的看法完全不同。在我看来，这一了不起的民族——就个人而言我对它没多少敬意——好像总是喜爱厄运胜过喜爱阳光，他们欢迎所有的人将遭受天谴的厄运，并乐于在死亡的阴影下冷酷而开心地生活。在所有的民族中，唯独他们把魔鬼变成了一个不无某种冷酷魅力的家喻户晓的人物，他们给他的昵称是"角老头"①。无疑，对待事物的原始、野蛮态度也渗入了他们的幽默之中。对经常且直接和死亡打交道的原始民族来说，来世是一种能在午夜的森林中感觉到，能在咆哮的狂风中听到的活生生的现实——对这样一个民族来说，为了战胜恐惧，强作欢颜去与幽冥世界打交道是自然而然的。守灵和围着尸体狂欢的做法把我们带回到了世界的蛮荒时代——可怜的野蛮人不胜惶恐与哀伤，却假装死者仍然活着。我们今天在葬礼上使用黑纱和举行隆重仪式，这与野蛮人的守灵狂欢是一脉相承的。我们的殡葬承办人不过是古代和蔼的守灵主持人（其职责在于维持死亡舞蹈的欢快气氛）演变来的。随着时间的推移，死亡的狂欢仪式和排场发生了改变，到最后强作的欢颜消失了。如今有黑色的灵柩和阴沉的肃穆象征我们的绝望是多么冷峻而庄严。

---

① 按西方及一些国家的民间说法，魔鬼是头上长角的。

恐怕这篇文章越写越一本正经了，很抱歉。

在先前把话题岔开的时候，我正准备说还有一种类型的幽默也是我无法欣赏的。那是一种特殊的故事，说得动听点儿或许可称之为英国掌故吧。它所讲的总是王公贵族的事，除所涉及的人物地位尊贵外，其内容完全是空洞无物的。

以下便是一个例证。

"第四代马博罗公爵承祖业掌管布伦罕府邸①，素以慷慨好客闻名于世。某日公爵进餐厅午餐，发现在场的客人有三十人，而餐桌仅可容纳二十一人。'噢，那好办，'公爵毫不为难地说，'我们当中有些人得站着吃了。'众客人——当然——哄堂大笑。"

我唯一纳闷的是他们竟然没有笑死了事。仅仅是哄堂一笑，好像实在对不住这么俏皮的一个故事。

以威灵顿公爵②为中心编出来的俏皮故事也流行了三代人。最典型的威灵顿公爵故事经过不断简化，其实已变得单薄如一副骨架，就像以下模样：

"有一次，一个年轻中尉遇到威灵顿公爵从西敏寺③出来。'早上好，公爵大人，'他说，'今天早上太湿了。''可不是嘛，'公爵僵硬地还了一个礼，说，'可那个该死的滑铁卢早晨比这

---

① 布伦罕本为德国西南濒临多瑙河的一个村落。1704 年，英国第一代马博罗公爵约翰·丘吉尔（1650—1722），曾率英军大败法军于此。为表彰其功勋，英国议会于 1705 年为他修筑了以布伦罕命名的府邸。

② 威灵顿公爵（1769—1852），英国名将，政治家，曾于 1815 年在比利时的滑铁卢击败拿破仑。据说滑铁卢大战时曾天降大雨。

③ 西敏寺，英国伦敦一古老教堂，内有英国名人之墓。

湿多了，先生。'那位年轻中尉理当受此责备，于是便低下了头。"

滥用掌故的不仅仅是英国人。

我们的确可以一言以蔽之地主张说：凡是讲故事让别人开心，都应该严守某些限度。很少有人意识到，要再现所讲故事原汁原味的妙趣——演员们称之为"逼真效果"——是多么不容易。光是罗列"故事情节"是不足以使故事妙趣横生的。必须使用恰到好处的措词，而且每个词都应该各得其所。也许在一百个故事中，偶尔也会有一个根本无须叙述技巧的。这种故事在结尾处突然急转直下或出人意外，其幽默因而也淋漓尽致地发挥出来——无论其讲述者多么笨拙，都不会做得太失败。

我们不妨举一个众所周知的例子——每个人都听过这个故事，只是版本不同而已。

"有一次，著名喜剧演员乔治·格罗史密斯①颇感身体不适，便去看大夫。恰巧大夫也像其他人一样，虽然经常看他演戏，却从没见过他卸装后的模样，因此没有认出他来。大夫对病人进行了检查，看了他的舌头，探了他的脉搏，还敲了敲他的肺部。然后大夫摇了摇头，说：'您什么病也没有，先生，只不过因工作太多、操心太多被累垮了。您需要的是休息和娱乐。好好清闲一夜，到萨瓦去看看乔治·格罗史密斯的演出就会好的。''谢谢您，'病人回答说，'我就是乔治·格罗史

---

① 乔治·格罗史密斯（1847—1912），美国喜剧演员，歌唱家。

密斯。'"

请读者诸君注意，我已有意把这个故事完全不对头地讲述了，要多不对头就有多不对头，可尽管如此，其中仍然还有一丝幽默尚存。请读者好好回顾故事的开头，自己看一看这个故事到底该怎么讲以及我的讲法有什么明显的错误。假如读者有点儿艺术家气质的话，便会一眼看出这个故事应该像下面这样开头：

"有一天，一个面容憔悴、神情紧张的病人到一个红极一时的大夫的诊所看病。"等等，等等。

换句话说，这个笑话的关键在于保持悬念，引而不发，一直等到最后，也就是当病人说"谢谢你，我就是乔治·格罗史密斯"时，才揭开谜底。但由于这个故事实在太好，因此即使讲得很蹩脚，都不至于完全砸锅。这一特殊的轶事版本繁多，主角除了乔治·格罗史密斯，还有柯盖林、乔·杰弗逊、西里尔·莫德等等 ①，差不多有六十人之多。而且我还注意到，有一种人一听到这个有关乔治·格罗史密斯的故事，便立即开始现炒现卖，只不过是把主角的名字换换而已。其结果是照样引起哄堂大笑，仿佛把名字一换，故事就成为全新的了。

我再重复一遍，很少有人意识到按原作精神再造原汁原味的幽默或喜剧效果是多么不容易。

几天前，我和我的一位在股票交易所任职的朋友格里格斯

---

① 这些人都是十九世纪末的名演员。

一起在城里散步。他说："我昨天见到哈里·劳德① 了，他穿着苏格兰短裙上了台，"（这时格里格斯开始格格笑了）"他胳膊下面还夹着一块写字板，"（说到这儿格里格斯开始开怀大笑了）"而且他说：'我总是喜欢随身带一块写字板'（当然他是用苏格兰腔说的，可他那腔调我学不来）'以防万一我有什么数字要记下来。'"（到这时格里格斯几乎笑得喘不过气来了）"然后他从口袋里掏出一小段粉笔来，说道——"（格里格斯现在差不多笑得歇斯底里了）"'我总爱同时也带那么一丁点儿粉笔，因为我发现要是没有粉笔，石板就……'"（格里格斯笑得快晕过去了）"'——就——没多大用处了。'"

格里格斯不得不停顿下来，用双手捧着肚子并靠在一根灯柱上："当然，我学不来哈里·劳德那副苏格兰腔。"他重复道。

一点儿不假。他是学不来苏格兰腔，也学不来劳德先生那圆润柔和的声音、洋溢着欢乐的面容以及闪烁着喜悦的眼睛。他更学不来那块写字板和那么"一丁点儿粉笔"——老实说他什么都学不来。他只需说一句："哈里·劳德！"然后就靠在一根柱子上开怀大笑，一直笑到不能再笑为止。

然而，尽管会大煞风景，人们却偏爱唠叨这故事那掌故的，搞得你一点儿谈话的兴趣都没有。在我看来，餐桌边如有那么一个半吊子故事能手在大放厥词，那实在是可怕——要是

---

① 哈里·劳德（1870—1950），苏格兰杂耍喜剧演员。

有两个这样的人，就更要命了。在大约讲完三个故事之后，一种令人浑身不自在的沉寂笼罩全场，席间的每一个人都明白：其他每一个人都在搜断枯肠找故事，可是却没找到。从此席间便再没有安宁了，直到某个内心坚定平静的人转向邻座的人并且说："无论我们喜欢还是不喜欢，反正禁酒是肯定的啦。"大家伙儿这才松了一口气，纷纷在心里说："谢天谢地！"于是，席间所有的人再一次感到高兴和满意，直到又一个故事能手"又想到一个故事"并开始大放厥词为止。

不过最糟糕的或许是那种所谓腼腆的故事能手，他老是担心他的故事别人以前听过了。他一般是这样向你开攻的：

"那天在百慕大的轮船上我听到一个非常棒的故事，"接着他停了停，露出点儿疑惑之色，"可你也许听过了吧？"

"不，不，我从没去过百慕大。往下说吧。"

"呃，这个故事讲的是一个人在冬天去百慕大治风湿病——可你听过了吧？"

"不，没有。"

"哎，他风湿病特别严重，于是就去百慕大治疗。当他走进宾馆的时候，他对桌子边的一个服务员说——可是，也许你知道这个故事了。"

"不，不，继续说下去。"

"呃，他对服务员说：'我想要一个临大海的房间。'——可是也许——"

明智的做法便是立即让说故事者打住。你可以坚定而平静地说："是呀，这个故事我听过了。自从它1878年在《闲言趣语》上发表后，我就喜欢上了它，每次看到它我都要读上一遍。继续说吧，给我再讲一遍，我会闭上眼睛坐下来好好欣赏一番的。"

毫无疑问，爱讲故事的习惯主要是由于人们不知不觉把幽默看得太低而养成的——我的意思是，他们低估了"制造幽默"的难度。他们从没想到过这事是难以办到，很有价值而且非常庄严的。由于其结果是轻松快乐的，因此他们误以为其过程必定也是如此。很少有人意识到，欧文·西曼 ① 在《笨拙》② 上发表的一首"滑稽诗"要比坎特伯雷大主教的一篇布道文难写得多。马克·吐温 ③ 的《哈克贝利·费恩历险记》要比康德的《纯粹理性批判》伟大得多。查尔斯·狄更斯所塑造的匹克威克先生 ④ 在提高人类的情操方面——我是非常郑重地说的——要比纽曼主教 ⑤ 的颂诗《光啊，仁慈地引导我，冲破周围的黑暗》贡献大得多。纽曼只是在悲惨世界的黑暗中呼求光明，而狄更斯却给予了这种光明。

在我们所说的幽默的背后以及更远处，还存在更深的奥义，唯有极少数有心人，凭其本能或通过苦苦求索，才得以入其堂奥而获得启示。以世界上最优秀、最伟大的幽默作品而

---

① 欧文·西曼（1861—1936），英国幽默家。
② 《笨拙》，英国的一本创办于1841年的著名幽默画报。
③ 马克·吐温（1835—1910），美国大作家、幽默大师。
④ 英国大作家狄更斯所著《匹克威克外传》是英国幽默文学的经典之一。
⑤ 纽曼主教，即约翰·亨利·纽曼（1801—1890），英国主教兼作家。

言，幽默也许是我们人类文明的最高成就。在此我们想到的不是喜剧演员那种仅仅把人逗得狂笑的喜剧效果，也不是杂耍剧中涂黑脸的滑稽行家的精彩表演，而是由一代人中仅能产生一两位的大师所创造的、能照亮和提高我们的文学的真正伟大的幽默。这种幽默不再依赖纯粹的文字游戏和插科打诨，也不再利用事物稀奇古怪、毫无意义的不协调来使我们感到"滑稽"。它深深地植根在生活本身的深层反差之中：我们的期待是一回事，而实际结果却完全是另一回事。今天的渴望和焦虑令我们寝食难安，而明天它们却已化为乌有，足可付诸一笑。无论火烧火燎的痛苦，还是如切如割的悲伤，在日后的回顾中都会变为往事温柔。回首往日历程，悲欢离合历历在目，而我们已安然度过，于是我们会热泪涟涟地露出微笑，有如年迈的老人悲欢交集地回忆起儿时怒气冲冲的争吵。由此可见，从更广的意义上说，幽默是夹杂着悲天悯人之情的，直至两者浑然合一。历代的幽默都体现了泪水与欢笑交融的传统，而这正是我们人类的命运。